U0840408

Patagonia Express
Luis Sepúlveda

南方快车

〔智利〕路易斯·塞普尔维达 著　　吴娴敏 译

人民文学出版社
PEOPLE'S LITERATURE PUBLISHING HOUSE

著作权合同登记号　图字 01-2019-5639

图书在版编目(CIP)数据

南方快车/(智)路易斯·塞普尔维达著;吴娴敏译. —北京:人民文学出版社,2020
(远行译丛)
ISBN 978-7-02-015688-7

Ⅰ. ①南…　Ⅱ. ①路…　②吴…　Ⅲ. ①游记-作品集-智利-现代　Ⅳ. ①I784.65

中国版本图书馆 CIP 数据核字(2019)第 189270 号

出 品 人　**黄育海**
责任编辑　**朱卫净　潘丽萍**
封面设计　**汪佳诗**

出版发行　**人民文学出版社**
社　　址　**北京市朝内大街 166 号**
邮政编码　**100705**
网　　址　**http://www.rw-cn.com**
印　　刷　**上海利丰雅高印刷有限公司**
经　　销　**全国新华书店等**
字　　数　**88 千字**
开　　本　**890 毫米×1240 毫米　1/32**
印　　张　**5**
插　　页　**5**
版　　次　**2020 年 3 月北京第 1 版**
印　　次　**2020 年 3 月第 1 次印刷**
书　　号　**978-7-02-015688-7**
定　　价　**48.00 元**

目　录

关于这本旅行笔记的笔记

玛丽·卡门和帕科·伊格纳西奥·塔伊布一世[①]在墨西哥的住所里，巨大的餐桌能容纳二十四名客人，我曾在席间听到过塔伊布一世说起“停驻遗忘的湍流”——这成了他的一本书的名字。此后读到这部作品，让我由衷地喜爱与倾慕这位来自阿斯图利亚斯省的作家，但与此同时，也体会到抽离某些文字在所难免，无论你有多喜爱它，抑或字里行间有多少私人的共鸣。

此刻我要从这些笔记中抽离，它们陪我行经过一段遥远的路途，时刻提醒着我，有了它们的日夜相伴，我不再拥有体会孤独、消沉、一蹶不振的哪怕一丁点权利。

我在不同的地点和场景中落笔，我不知道该如何称呼这些笔记，现在依然不知道。

曾经，有人断言，我的抽屉里一定有很多文稿，这份确信让我十分惊讶，我便让他解释一番。

---

① 帕科·伊格纳西奥·塔伊布一世（1924—2008），西班牙和墨西哥作家，本书出版时尚未过世。

“抽屉里的文稿——不知为何而作的笔记，也不知有何用。”他详述道。

不对。这不是抽屉里的文稿，因为这样的话，就得假定有那么一个通常安在书桌里的抽屉，而我没有书桌。我没有，也不想有，曾经在德国汉堡，有位老面包师傅给了我一块厚板子，我就在那上面写作。

某天下午，我们在打斯卡特牌——德国北部特色的扑克游戏，那位老面包师傅对同伴们宣布，因为得了关节炎，他不得不就此休退，关掉面包店。

“那你怎么办呢，老家伙？”一位和善的牌友问道。

“考虑到我的孩子们没一个愿意继承这份职业，机器也都老旧过时了，我打算扔个精光，而那些有感情的东西全部白送。”老家伙杨·凯勒回答，随后，他邀请大家去面包店里领取大礼包。

我便收到了那块他用来揉了五十年面团的厚板子，也在那上面揉起了自己的故事。我非常爱这块板子，上面有酵母、芝麻、生姜的香味，是那种最尊贵的职业的香味。所以，说回书桌，去他妈的，我不需要书桌。

这些我不知道该如何称呼的笔记，曾在某个书柜的角落里堆灰，有时候，我在找老照片和资料时会与它们重逢，读来总让我既感动又自豪，因为这些或潦草、或用打字机凌乱记录下的，是我尝试去理解胡里奥·科塔萨尔明确定义的两大首要主题——理解人类对环境的感受，以及理解艺术家对环境的感受。

这些记录中诚然有很多个人的经历，但绝不该被视为对抗阿兹海默的把戏，毕竟我从未计划要写一本回忆录。

我要从这些笔记中抽离，其中部分文字曾被发表于选集、杂志、以及近期在意大利出版的一部节选版。

最后，感谢碧翠丝·德·莫乌拉对文本顺序恰如其分的布局，使这些笔记骨血相连，得以呈现在诸位读者手中。我将它们起名为《南方快车》，向那条已经消失的火车线路致敬，虽然这份诗意在我们的时代无利可图，但它将继续行驶在巴塔哥尼亚人的记忆中。

请陪我踏上一段没有固定行程的旅途，与那些用真实姓名出现的好人同行——我从他们身上学到了太多，至今仍在收获。

加那利群岛兰萨罗特岛

一九九五年八月

第一部分

去往乌有的旅行笔记

第一章

去往乌有的通行证，是祖父给我的礼物。

我的祖父。一个不同寻常的可怕生物。他把通行证交给我的时候，我应该刚满十一岁。

某个夏日早晨，我们在圣地亚哥走着。他老人家已经给我喝了大概六杯汽水，还吃了好几个冰激凌，我的肚子早已晃荡荡，也知道自己在等尿意上身。

或许他是真的担心我的肾，便问我："怎么，你不想小便吗？妈的，小家伙，你可喝了那么多啊……"

我下意识地给出惯常肯定的回答，伴着紧收在一起的双腿蹦出来的话语，听起来一定很夸张。

于是他扔掉了总叼在嘴边的土烟，叹了口气，随后用说教的口气大喊道："等一下，小家伙。等一下，你要忍到我们找到一间合适的教堂。"

但那天早上，我想好了要尿在裤子上，我不想再忍受被某个神父臭骂了。从我学会走路的那天起，他就给我塞冰激凌和汽水，然后一次次地让我尿在教堂大门上，他老人家把我变成了他的战友，变成了他这个退休的无政府主义者卑劣行径的小同伙。

很多教堂大门都被我尿过，很多神父、很多修女都骂过我。

“你这熊孩子！你家里没有厕所吗？”这话是我听过的最温柔的。

“你竟敢骂我孙子，他是自由的人类！你这个寄生虫！败类！你谋杀了社会良知！”祖父说了一通，而我一边尿出最后几滴，一边暗自发誓下个星期天绝不能再喝木瓜汽水、石榴汽水、橙子汽水……这些汽水都不是他单纯出于慷慨才给我喝的。

那天早晨，我和他动真格的了。

“嗯，我现在要小便，但我想去上厕所。”

祖父嚼了几口剩下的土烟叶，然后吐掉。他随即嘟囔了一句“臭狗屁”，走出几步远，但立刻又回来摸了摸我的头。

“是因为上星期天发生的事情吗？”他一边问我，一边从口袋里掏出了一支烟。

“是啊，爷爷。那个神父想弄死你。”

“因为这群狗娘养的都是危险分子，小家伙。但是话说回来，如果他们生下来就是这样的，那我们也得拿出更厉害的表现。”

上个星期天，我在圣马可教堂那扇有百年历史的大门上放了水。那不是我头一次对着历经沧桑的门板小便了，并且神父仿佛早有戒备，在我尿得最痛快、停不下来的时候吓了我一跳，他拽着我的胳膊，让我转身面对祖父。然后，神父像先知一般指着我那滴滴答答的小弟弟，咆哮了起来。

“这明显是你的孙子！真是一脉相承的卑鄙！”

上星期天真是绝了。我在教堂的台阶上尿个不停，眼看着祖父一把扔掉包袱，卷起衣袖，要和神父来一场拳斗，心里害怕极了——幸好被祭坛男孩和唱诗班的修女给拦下了，神父都卷起袍子准备迎战了。真是绝了。

待我在酒吧里体面地解决了问题之后，他老人家觉得这个早晨还是应该去阿斯图利亚斯人的社区中心度过，每个星期天那里都会专门准备炖豆和流亡的共和党人①做的卡伯瑞勒斯奶酪。

我觉得，卡伯瑞勒斯奶酪像一团臭糊糊，令人作呕，所以只有头戴贝雷帽的老家伙才爱吃，他们每天都会出现在我祖父母的房子附近，每次都带着同样的问题。

“你说什么？那混球死了？”

我一边尽情享受米饭布丁，一边思索着他老人家口中的“更厉害的表现”究竟是什么意思，猜到他的企图可能与粪便

---

① 指西班牙内战末期，大量共和党人为了逃避佛朗哥独裁，携带家人流亡至拉丁美洲。自 1939 年起，智利接纳了超过两千名流亡共和党人。

有关的时候，我应该是打了个寒战，不过，看着他和其他食客一起走进那间被全国劳工联盟①的红黑色旗帜装点着的大宴会厅，我的畏惧也消散了。那间大厅里有祖母在午后念给我听的书：儒勒·凡尔纳、埃米里奥·萨尔加里②、史蒂文森③、菲尼莫尔·库珀④……

我见他手拿着一本小小的书走了出来，他把我叫到身边，我看到书脊上写着：《钢铁是怎样炼成的》，尼古拉·奥斯特洛夫斯基著。

“来吧，小家伙。这本书你得自己读，不过把书交给你之前，我要你答应我两件事情。”

“你尽管说，爷爷。”

“这本书会带你踏上一段漫长的旅途，你要答应我，你会走下去。”

“我答应你。不过，我要去的是什么地方，爷爷？”

“你可能会去往乌有，不过，我向你保证，一切都是值得的。”

“还有一件事情呢？”

---

① 1910 年创办于西班牙的无政府工团主义工会。
② 埃米里奥·萨尔加里（1962—1911），意大利作家，科幻小说先驱。
③ 罗伯特·路易斯·史蒂文森（1850—1894），《金银岛》的作者。
④ 菲尼莫尔·库珀（1789—1851），最早赢得国际声誉的美国作家之一。

“以后你得去马尔托斯。”

“马尔托斯？马尔托斯在哪里？”

“就在这里。”他握拳拍向胸口。

第二章

“每条道路都有两个端点，每个端点都有人守候着我。”智利有首著名歌曲如是唱道。糟糕的地方在于，两个端点之间不是一条直路，而是密布着弯路、崎岖、坑洼、偏差且最终不可避免地通向乌有。

《钢铁是怎样炼成的》读起来毫无悬念地慢，我问这问那，而它负责带我初识了那个叫做乌有之梦境的地方。我和每个读奥斯特洛夫斯基的年轻人一样，想成为饱受折磨的男主人公——苏联共青团员保尔·柯察金同志，不惜以献出生命为代价，为完成青年无产阶级事业而牺牲。我曾梦见自己就是保尔·柯察金，为了让美梦成真，我也成了共青团的一分子。

祖父勉强接受了星期天没有孙子相伴，但还是对《钢铁是怎样炼成的》西班牙语版译者生了好几个月的气。显然，这本书应该带我走上自由主义思想的道路，那是去往乌有的第一步，不过直到有一天，我告诉他，大学生宣布将和矿工团结一致共同罢工，他便不再生气了。我唯一一次见他喝多，便是罢工的那天。微醺的他强咽泪水，嘟嘟囔囔着。

“我的孙子要去参加罢工了，他娘的，真是我的骨肉。”

我的祖父。记得第一次让他读给我听的是共产主义青年们的《青年人》杂志，他专注地念了整整四页，然后总结道，尽管杂志是斯大林政权的那些人出版的，但作为理解真正秩序的入门读物，也未尝不可。

“不是国家强加的秩序，滚蛋，是自然的秩序，那种人与人之间手足之情所带来的秩序。”

共产主义青年的身份给我的父母带来了极大的幸福感，因为共产主义青年在学校里应该是成绩最好、体育最棒、最有文化、最有教养的，在家里也应该是负责勤劳的楷模。所以，我变成了某种红色僧人，生活苦行且无趣。“真是讨人厌”，几年后某个女孩拒绝成为我女朋友的时候，以此作为（令我不解的）理由。

去往乌有的通行证扎根在我身为共产主义青年的六年多时光里，儿时的朋友们都有了既定的目标，有人去美国学习，有人去乌拉圭，有人去欧洲，还有人参加了工作。而我的向往便是一动不动地待在原地。

十八岁时，我想去追随拉丁美洲诞生过的最举世闻名的人物——切·格瓦拉。那么，是时候给去往乌有的通行证买一张实体票了。

第三章

我始终回避智利在独裁时期的牢狱题材。回避的原因之一——澎湃而高贵的人生于我，是活到最后一口气，所以这污秽的题材是对人生的大不敬。除此之外，它被写过太多次了，而且很遗憾，大部分作品都糟糕透顶，顶多只能算是证词。

我的青年时光曾有两年半被关在特木科监狱里，那是智利环境最艰苦的监狱之一。

牢狱本身不是最糟的，因为生活在继续，有时候监狱里的日子比外面更有趣。蓄势待发的战犯开了好几门课，因为所有南方高校的教师也被关在这里，如此一来我们这群战犯学习了语言、数学、量子物理、世界史、艺术史、语言学史。有位姓伊利阿尔特的教授，在两周的研讨会上，向我们传授关于凯恩斯①以及当代经济学家的政治理论，参与者除了一百多名囚犯外还有几位军官。记者兼作家安德莱斯·穆勒分析了巴黎公社

① 凯恩斯（1883—1946），英国经济学家，被誉为“宏观经济学之父”。

的策略错误，把他面前的卫兵吓得语塞，他们当时在看管的制鞋作坊，是我们以特木科协会沙龙的名义创立的。还有一名战犯，叫赫纳罗·阿温达尼奥——后来在1979年“被失踪”了，他将乌纳穆诺在萨拉曼卡的演讲[①]改编成剧作，坐牢的和当兵的都被他感动了。

我们甚至有了一个小图书馆，收藏着外面被禁的作品，这可多亏了负责审核亲人朋友所寄书籍的副官，以及他那令人匪夷所思的审核标准。他把《拉丁美洲被切开的血管》[②]归入“急救指南”类别，令我们感激不尽。我们甚至有了高端厨艺课，胡里奥·加尔塞斯曾是工会俱乐部的厨师，工会俱乐部是智利贵族的朝圣地，谁又能忘记他为薄薄的一层兔脂肪做辩护的激动神情。他说这在兔肝酱汁制作过程中是不可替代的，他还坚持煮海鳗汤的白葡萄酒必须和随后佐餐的用同一种。多年后，我在比利时与加尔塞斯相遇，他已是布鲁塞尔一家颇具名望的餐厅的主厨，他自豪地给我看《米其林指南》表彰他烹饪艺术的两张证书。证书很考究，表彰第三名荣誉，一页见方的纸上

---

① 指西班牙作家乌纳穆诺（1864—1936）1936年10月12日在西班牙萨拉曼卡大学的公开演讲及辩论，佛朗哥下令将其软禁，两个月后乌纳穆诺在家中逝世。

② 乌拉圭记者、作家兼诗人爱德华多·加莱亚诺（1940—2015）的历史分析著作，利用政治经济学和独特的历史叙事结构重组拉丁美洲历史，出版于1971年。

落着手写的字句："来自特木科的米其林厨师，我们为他美妙绝伦的蛋奶酥而折服，带着对大海的回忆，原材料是爱、一罐贻贝、面包残渣，还有几片长在陶罐里、所有人都特别当心照料、不能让监狱里的猫吃掉的香草叶。"

在那块属于所有人却也不属于任何人的土地上，我停驻了九百四十二天。被关在里面不是我们最糟的境遇，那是不对生活屈膝的另一种出路。最糟的境遇是每十五天左右被带到图卡佩尔军团进行审讯。那时我们终于明白，此处便是乌有。

第四章

当时的军政府对我们的破坏力有相当高的定位，我们被问及暗杀美洲军队有史以来所有官员的计划、炸桥封隧道的计划，还有接应一位他们尚无法确认的外国敌人入境的计划。

特木科是一座忧伤的城市，黯淡且多雨，没人会认为这里适合旅游，但是图卡佩尔军团把它打造成了类似全球施虐狂永久集会的胜地。参与审讯的除了智利军方（他们好歹是东道主），还有巴西军方情报部门的猴子们（他们是最坏的，美国国务院、阿根廷准军事组织、意大利新纳粹），甚至还来了几个摩萨德特工。

谁又能忘记鲁迪·韦斯曼？那个热爱南方和帆船的智利人，被犹太教会里用的甜蜜语言折磨审问。鲁迪无法承受这般污名——他为以色列全心付出，参加了基布兹①，但对火地岛的眷恋让他回到了智利。他最终无法理解为何以色列会支持那帮恶

① 基布兹（希伯来语意为“聚集”）是以色列的一种集体社区，过去主要从事农业生产，基布兹的目标是混合共产主义和锡安主义的思想来建立乌托邦社区，社区里的人有私有财产，工作没有工资，衣、食、住、行、教育、医疗都免费。

人的事业，向来是好好先生的鲁迪·韦斯曼，如同被人遗忘的植物一般枯萎了。一天清晨，我们发现他死在了睡袋里。他脸上的表情让人不必再做任何尸检——鲁迪·韦斯曼死于心碎。

图卡佩尔军团的首领（我本着对这页稿纸的基本尊重，不能写下他的姓名）是隆美尔元帅的狂热追随者。假如他觉得某个犯人还不错，便会邀请对方到自己的办公室里，让他从审讯中缓过来。他会保证军团里发生的一切都是为了祖国的神圣利益，然后请对方喝一杯科恩酒（这种淡而无味的谷物酒是别人从德国寄来的），听他叨唠一段关于德意志非洲军的说教。那家伙的父辈或者祖辈是德国人，但他的外表可是再智利人不过了——人胖腿短，满头黑发乱七八糟。他可以完美冒充开货车的或是卖水果的，但他只要说起隆美尔，就成了卡通版本的希特勒卫兵。

故事讲到最后，他会表演隆美尔自杀的场景：鞋跟蹬地，伸出右手向一面看不见的旗帜敬礼，低语一句“adieu geliebtes Vaterland”①，然后假装饮弹。我们当时都确信，他有一天真的会这样做。

军团里还有个奇怪的军官——一名极力隐藏同性恋取向，但举手投足间表露无遗的中尉。士兵们给他起了个昵称“娘娘腔”，他也知道。

---

① 德语，意为“再见了，亲爱的祖国”。

每个战犯都感觉到，娘娘腔中尉因为不能用真正美丽的东西来装扮自己的身体而饱受煎熬，可怜的家伙只能按规定携带随身物品。他身上有一把点四五口径的手枪、两只弹盒、一把突击队用的弯头匕首、两个手榴弹、一只打火机、一台对讲机、学位徽章和空降兵的银色翅膀徽章。坐牢的和当兵的都认为他看起来像一棵圣诞树。

这位人物时有慷慨且貌似无私的举动，出乎我们的意料——我们当时并不知道，他患上了军营中错位的斯德哥尔摩综合征。他会在审讯结束后突然间给我们一个袋子，里面塞满了香烟，或是人见人爱的含维生素C的阿司匹林。有一天，他请我去他的房间。

“听说您是作家。”他说着，递了罐可口可乐给我。

“我写过两三个短篇，仅此而已。”我回答道。

“我请您来不是要审讯您，我对这里发生的一切表示遗憾，但这就是战争。我希望我们以作家对作家的身份来交谈，您是不是没想到军人中也有伟大的作家，比如，您想，有阿隆索·德·埃尔西拉·祖尼加①。”

---

① 阿隆索·德·埃尔西拉·祖尼加（1533—1594），欧洲文艺复兴时期西班牙诗人、军人。16世纪50年代，他在阿劳卡纳和秘鲁作战期间创作了史诗《阿劳卡纳》，文中的娘娘腔中尉应为受该作品影响而喜爱佩戴弯头匕首。

“还有塞万提斯。”我补充道。

娘娘腔中尉将自己列为伟大的作家，这是他的问题所在。如果他想要的是奉承话，那他将如愿。我喝着可口可乐，想着加尔塞斯——准确来说是加尔塞斯养的母鸡，虽然这听起来难以置信，但厨师先生有一只名叫杜尔希内阿的母鸡。

一天早晨，母鸡跳过了把普通犯人和战犯分隔开的围墙，决定和我们待在一起，看来这是只有伟大政治信仰的母鸡。加尔塞斯抚摸着它，叹息道：“如果我有一小撮胡椒粉外加一小撮孜然就好了，我会做一道你们从没尝过的腌鸡肉。”

“我想让您看看我写的诗，然后开诚布公地告诉我您的意见。”娘娘腔中尉说着便把他的本子递给了我。

我离开他的房间，口袋里装满了香烟、糖果、茶包，还有一罐美国军队牌苹果酱。那天下午我开始相信，作家之间也有兄弟情义。

载着我们往返于监狱和军团之间的运输工具是一辆运家畜的卡车。士兵们费尽心机确保货斗地板上的牛粪足够多，然后命令我们脸朝下卧倒，双手放在颈后。四个穿制服的武装人员手持冲锋枪，站在货斗的四个角落看管我们。这些男孩几乎都是跟着北部驻军调过来的，南方气候恶劣，他们经常感冒，也经常发脾气。他们接到的命令是（我们）这坨东西有任何可疑行为就开枪射击，对任何试图靠近卡车的平民也是如此。但规矩在时间面前慢慢松懈，他们也慢慢对规矩松懈，有人从窗子里丢来香烟和水果，或者美丽勇敢的少女跟着卡车跑，伸手飞吻大喊着：“坚持住啊，伙伴们！我们会胜利的！”他们都当作没看见。

在监狱里，迎宾团一如既往地等候着我们，团长（“瘦子”普拉格南医生）如今在比利时已是颇具权威的精神病学家了。他们首先会给不能走路的和有心脏问题的做检查，然后轮到脱臼的和肋骨骨折的。普拉格纳的专长是判定每个人在刑讯台上受的电刑强度，以及耐心地指出哪些人在接下去的几小时内可以开始摄入液体。然后就可以领受我们的圣餐了——含维生素 C 的阿司匹林和针对内出血的抗凝血片。

“杜尔希内阿的好日子快到头了。”我告诉加尔塞斯，然后找了个角落来研究娘娘腔中尉的那本笔记。

优美的笔迹在纸面上洋溢出甜蜜的爱、崇高的苦难和被忘却的花朵。我无需翻到第三页便明白，娘娘腔中尉已经连墨西哥诗人阿玛多·内尔沃[①]的意境都懒得抄了——他直白地拷贝了诗歌原文。

我把教西班牙语的佩尤科·加尔贝斯叫过来，读了几句诗给他听。

① 阿玛多·内尔沃（1870—1919），墨西哥诗人、记者、外交官。

“你觉得怎么样，佩尤科？”

“阿玛多·内尔沃的，书名叫《内心的花园》。”

我摊上了不小的麻烦，假如娘娘腔中尉能知道我读过内尔沃的作品，了解这位行文自然甜美的诗人，那么日子快到头的就不是母鸡杜尔希内阿，而是我了。问题严重了，于是我当天晚上就把那本笔记带去了长老会。

“娘娘腔是主动型还是被动型的？”伊利阿尔特提问。

“你别捣乱，我这可是有生命危险了。”我央求着。

“我也是认真问的，也许那个当兵的想和你谈恋爱，他给你笔记就好比丢一块丝帕，是你这大蠢蛋自己捡起来的。也许他抄那些诗句，是为了让你发现其中的信息。我认识不少玻璃，用赫尔曼·黑塞写的《德米安》[①]挑逗男孩子。假如娘娘腔是主动型的，那你就应该变成他内心花园里的一朵花，不过假如他是被动型的，好吧，我觉得你要吃的苦再多，也不会比蛋蛋挨他踢一脚疼。”

“说什么乱七八糟的信息呢？那当兵的把这些诗当成自己写的交给你，那你就应该告诉他，你喜欢极了。如果要传达信息的话，那应该把笔记本交给加尔塞斯才对，因为只有他真的藏

---

① 完整原作名为《德米安：埃米尔·辛克莱的彷徨少年时》，又名《彷徨少年时》，德国作家赫尔曼·黑塞（1877—1962）著，展现了一个十岁孩子走向成熟、自我反省的过程。

了个花园，也许娘娘腔还不知道那个陶罐的事情……”安德莱斯·穆勒如此认为。

“我们都严肃点儿，你总得给他个回答，不能让娘娘腔觉得你读过内尔沃的诗，不能让他有一丁点儿的怀疑。”普拉格南说。

“告诉他，你很喜欢那些诗，但你认为形容词用得太夸张。你对他引用维多夫罗说的‘形容词，没有生命力就抹掉’①，这样就显示出你认真读了他的诗，还以同行的身份给了他一些同行的意见。”加尔贝斯提出了建议。

长老会通过了加尔贝斯的主意，但我整整两周都过得无比忐忑。我睡不着，深深渴望着自己被带去一顿踢打再被电击，以便把那本倒霉的笔记还回去。那段时间我甚至还恨起了老好人加尔塞斯。

“好兄弟，如果一切顺利的话，如果除了孜然和胡椒粉你还能搞到一小瓶腌龙舌兰花蕾的话，我的天！我们就可以搞一顿母鸡大餐啦！”

到了第十五天，终于！我又脸朝下卧在牛粪的温床里，双手放在颈后。我想我当时一定是疯了——这件被叫做拷打的事情让我如此快乐。

---

① 维森特·维多夫罗（1893—1948），智利诗人，此处引用选自《诗的艺术》（赵振江译）。

图卡佩尔军团。军需团。就在那永恒葱郁的尼埃洛尔山丘的尽头，在马普切人的神圣之地。审讯室外有一间等候室，像医院诊室一样。我们双手被反绑在背后，头上套着黑色头套，坐在那里。我始终不理解头套的意义，因为，一旦我们进入审讯室，头套就会被摘下，我们就会看到那些用刑的人，那些面带惶恐对我们挥舞发电机曲柄的小兵，那些把电极接在我们的肛门上、睾丸上、牙齿上、舌头上的医疗人员，然后他们还要拿着听诊器来判断我们有谁是装的，有谁是真的在刑讯台上晕了过去。

以马忤斯义工组织负责布料的拉各斯是那天第一个被审讯的。他们从一年前就开始对他严刑拷打，问他在组织仓库里发现的几十件旧军装的来路。那些都是一个卖回收军用品的商人捐给他们的。拉各斯用痛苦的号叫一遍又一遍地重复着军团想听到的答案——那些制服曾属于一支准备从海路登陆智利的侵略者军队。

我在等着轮到我，有一双手摘掉了头套。是娘娘腔中尉。

“您跟我来。”他命令道。

我们走进一间办公室，里面只有一张办公桌，我看到上面放着一罐可可粉、一条烟，明显是准备用来表彰我对他文学作品的评价的。

“我的诗歌您读了吗？”他让我坐下，然后问我。

诗歌，娘娘腔谈的是诗歌，而不是诗。一个浑身都是手枪和手榴弹的人谈论起诗歌，怎可能不显得荒谬又油腔滑调。所以，那个家伙让我觉得恶心，我打定主意，哪怕我要被电到尿血、说不出话、可以直接给电池充电的地步，也不能堕落到去巴结一个矫情军官，一个拾人牙慧的贼。

“中尉您写得一手好字，但您知道那些诗不是您的作品。”我边说着，边把笔记本还给他。

我看到他在发抖，这个人身上的武器足够把我杀死好几次，而且他如果不愿意弄脏自己的军服，可以命令别人做。

他颤抖着站起来，怒气冲冲地把整张桌子上的东西都横扫到地上，大叫道：“方牢里关禁闭三周！不过，先等着修脚伺候吧，破坏分子，臭狗屎！”

修脚的人是个平民，农业改革把他拥有的几千公顷土地都征用了，而他行报复的方式是自愿加入审讯队。他擅长拔人的脚指甲，随之而来的是可怕的感染。

我在方牢里待过。我在完全隔绝的方牢里度过了牢狱生涯的前六个月，地下囚室，一米五见长，宽度和高度也一样。特木科监狱里曾有过一个制革车间，方牢是当时用来储藏动物脂肪的。水泥墙面上依然散发着动物脂肪的腥臭，在那里待上一周之后，方牢会在你自己大便的作用下，变得与你亲密无间。

你可以在里面走对角线来伸展躯体，然而智利南方的低温，这里的雨水，以及士兵们的尿液，让你只想紧抱着双腿，原地不动，期待自己变得越来越渺小，直到这粪便浮岛上的梦幻假期走到尽头。我在那里待了三个星期，讲劳雷尔与哈迪[①]的电影故事给自己听，一字一句地背诵小说（萨尔加里的、史蒂文森的、杰克·伦敦的），长时间地下国际象棋，为了防止感染，不停舔自己的脚趾。在方牢里，我一遍遍地发誓，永不沾染文学评论。

① 由瘦小的英国演员斯坦·劳雷尔与高大的美国演员奥利弗·哈迪组成的喜剧组合。

第五章

一九七六年六月的某一天，去往乌有的旅程结束了。在国际特赦组织的周旋安排下，我出狱了，但头发没有了，体重也掉了二十公斤，我大口呼吸着，而对于再次失去自由的恐惧，让这厚重的空气显得如此局促。很多留在里面的伙伴被军方杀害了，我不遗忘也不原谅那些刽子手，想到这里我自豪极了。这一生所得令我知足，但最美好的莫过于在打开一瓶葡萄酒的时候，得知那些罪人在街头被机关枪横扫。于是我举起酒杯："又死了一个狗杂种，生命万岁！"

幸存的伙伴中，有一些曾与我相遇在世界的其他角落，另一些我不曾再见，但他们每一个人都是我最喜欢的回忆。

一九八五年末的某天，我在巴伦西亚的一家酒吧里和加尔贝斯不期而遇。他说他去了意大利定居，在米兰，他已经取得了意大利国籍，还有了四个可爱至极的孩子，都是意大利籍。我们在泪水中拥抱许久，随后谈起旧日时光，话题中自然少不了那只母鸡。

“但愿它安息，”加尔贝斯说道，“我是老犯人里最后一个获得自由的，一九七八年末，我带着母鸡一起出来的。它在我洛杉矶的家里过着幸福的日子，还长胖了，后来老死。我把它埋在花园里，上面安了块石碑写着：‘杜尔希内阿在此长眠，它是荒诞骑士们的守护女神，是乌有之境的女皇’。”

第二部分

去程的旅行笔记

第一章

我知道就快到边境了。又到边境了，但边境在视线之外。让安第斯黄昏单调景致中止的，只有那好似金属结构的阳光间或的反射。拉基亚卡和阿根廷到这里结束，比亚松和玻利维亚大地就在另一边。

我花了两个多月的时间从智利圣地亚哥一路来到布宜诺斯艾利斯，从蒙特维的亚到佩洛塔斯，从圣保罗到桑托斯——在这座港口城市，登船前往非洲或者欧洲的可能性灰飞烟灭了。

智利军方在圣地亚哥机场给我的护照敲了个神秘的“L”①戳，“贼”？“疯子”？“自由”？“清醒”？至于“腐臭”这个字眼在某种语言里是否以“L”开头，我只能不去计较，但真实情况就是，每次对船运公司出示我的护照，都会招致厌恶。

“不行，我们可不要护照上有‘L’戳的智利人。”

“您能告诉我这‘L’究竟他妈的是什么意思吗？”

---

① 指1975年起，约五千名前流亡人员获得的“L”戳限制流通护照，下文列出的单词在西班牙语中均以“L”开头。

“得了吧，您知道得比我清楚，再见。”

笑对困境。好在我有的是时间，于是决定从巴拿马登船。从桑托斯到巴拿马海峡，陆上距离大约四千公里，对于一个决意踏上旅程的人而言，权当散步。

我一会儿坐着摇摇摆摆的公共汽车，一会儿坐着卡车和蛮不情愿的慢车，路过亚松森，从查科省吹来的苍凉的风，把一种透明的悲伤气质永恒地留在了这座城市。我从巴拉圭回到阿根廷，穿过乌玛瓦卡的陌生风景，抵达拉基亚卡，想继续前往拉巴斯。然后……好吧，然后再议。直面恐惧的时光最要紧，就好像远行的船只直面风暴潮。

我觉得那恐惧的时光始终在骚扰我。

每到一座城市，我都会停留拜访旧相识，或是结交新朋友。有那么屈指可数的几次例外，都因为某种集体化的苦涩情绪而止步——人们恐惧地生活在恐惧之中，在恐惧中铸造出一个没有出口的迷宫，交谈、充饥尽伴随着恐惧，直到最无足轻重的行为都被裹上了厚颜无耻的谨慎，直到每个夜晚睡去，不是为了梦见美好时光或过往，而是为了感知自己身处一片漆黑压抑的恐惧沼泽中，死寂冗长的恐惧，让他们在起床时形如枯槁，却愈发恐惧。

有一次在圣保罗过夜，我尝试去爱，甚至用绝望的方式。失败了，唯一的救赎，是拂晓时女伴的双脚，用诚实的、属于皮肤的语言寻找着我的双脚。

“我们做得可真糟糕。”我应该是给出了这番评价。

“是啊，好像有人在观察我们一样，好像我们很害怕，因为身体和时间都是借来的一样。”她回答道。

脚，胖乎乎而无用的脚相互抚摸，我们同抽一支烟。

“以前，要去到快乐的国度是那么简单，虽然地图上没有标记，但大家都知道怎么去，那里有独角兽和大麻森林。那条失落的边境线，我们再也找不到了。”她继续说道。

我在黄昏时分到达拉基亚卡，一下火车，就被安第斯山脉的冷风打了记耳光。我本想从背包里拿件套头衫出来，但还是打消了念头，决定加快步伐来热身，便一路小跑到了售票处。

“我要明天出发去拉巴斯，您能告诉我火车几点发车吗？”

卖票的男人正在给马黛茶添水，他手里拿着一只镶银的葫芦做的茶具。茶叶真好闻，恣意散发出甜与苦愉悦融合的香味。我想，这么冷的天气如果能坐下喝一杯马黛茶就好了。

卖票的男人把我打量了一番，从左耳到右耳、从额头到下巴审视着我的脸，随后迅速将视线移开。是因为恐惧——他翻看了通缉犯的照片集。他没有邀请我同饮马黛茶，而是在回答我的问题前，把杯子放到了一旁。

“这个问题，你得去问玻利维亚人。国境线走两步路就到了，但现在没人上班。”卖票的男人说起话来像萨尔塔人或者里奥哈人，像唱小曲一样。

车站旁有间乏善可陈的旅馆，每座不足挂齿的小镇都有这样的旅馆。我走进客房——一张铜铸的床、一个缺了腿的床头柜、一个剩了丁点蜡烛的烛台、一面镜子、一只镀锡铁皮马桶、一瓦罐水，还有一块硬邦邦的布，我猜是用来做毛巾的，但毯子很厚，而且是羊毛做的。这让我想到某个人，究竟是谁，曾经断言寒冷和旅馆卫生情况是一伙的。

我离开旅馆想看看拉基亚卡，走在安静冷清的街上，周遭的泥房子和附近山峰的影子渐渐地难分彼此。没走出几个街口，我发现了一家开着门的店，烤肉香味让饥肠辘辘的我瞬间就坐到了一张盖着纸板的桌子前。

“我们只有烤肋排。”服务员说道，这个矮胖的家伙背很宽，腿很短，一头浓密像刷子一般的长发框住了他图腾般的脸庞。他把“s”音都拉长了，仿佛咬紧了牙齿说话似的。

烤肉美味无比。一刀切下去油脂四溢，用这个来浸透面包真是乐事一桩。葡萄酒有些酸，但让身体十分愉悦。

食毕，我点了一杯啤酒，心满意足地打了个巨大的嗝。然后我看到了那位老人。

他穿着破旧的棕色皮夹克，走进店里，把工作手套和一只黄铜灯笼放在桌上。

老人点头回应服务员，随后葡萄酒上桌的时候，他闭着眼喝了一大口，是那种筋疲力尽的工作后的满足感。我向他走去。

“打扰了，这位先生，您是铁路员工吗？”

“是，也不是。”他回答道。

他出人意料的回答让我不太舒服，但我见他立刻指向了一把椅子。

“说‘是’，是针对‘铁路’部分；说‘不’，是针对‘员工’部分，我是个工人。”

“明白了，请原谅我。”

“你是智利人吗，先生？”

“貌似如此。”

“你想吃点什么吗？”

我向他致谢并表示已经吃过了，然后问他开往拉巴斯的火车时刻表。正好肉上来了，老人两眼发光，用餐巾擦拭刀叉。

“祝您好胃口。”

“多谢，先生，你想来一杯酒吗？”

他没等我回答就打响指又要了一杯，把第一块肉塞进嘴后便露出一脸陶醉的表情。

“牛最大的优点就是有烤肋排，牛是多么神圣的动物啊，浑身上下都是牛肉，但最好的是烤肋排。”

“我也这么认为，干杯。”

“干杯，你知道北方这儿缺什么吗？——‘Chimichurri’①调味酱，就缺这个，‘Chimichurri’对烤肉而言，就像韵脚对诗句的意义。”

“完全同意。”

老人咀嚼起来带着处理微生物般的谨慎，有那么几滴肉汁从嘴角流出来，但他舌头的反应速度可谓无情。咀嚼完毕后，他用足量的酒冲刷下肚。

“你说要去拉巴斯。那上头的高原可得当心，如果你感觉得了‘高山病’，就吃洋葱，多塞点洋葱进去。去拉巴斯的话，火车在八点和十二点间开车，这么说吧，这里毕竟不是英国。你有车票吗？”

他说话时没看我，专注于那块渐渐消亡在肉汁里的牛肉，直到最后只剩一个干净的盘子。

“没有，我还没买票。”我有意告辞，但老人又点了杯葡萄酒。

“请原谅我的无礼，但我太饿了，超过十二个小时没吃东西，你能想象吗？”

“没关系的。”

“如此说来，你没有车票，所以你得早点出发过国境线，七

① 阿根廷青酱。

点钟军队开防线的时候总有人排队等着了。”

“我尽量做最早到的那批。”

“好极了，但还不够。到了售票厅，玻利维亚人会和你说没有配额了，和你说到处有人在卖配额。他们会这么和你说，狗日的东西。你知道应该怎么做吗？卷一张钞票，一张五十比索的，你明白我的意思吗？”

“我明白，感谢提供信息。”

老人用狡猾的目光打量我，他从夹克领子上抽出一根长长的银针，然后开始剔牙。

“如此说来，这位先生是智利人。”

“人总要有个出生地。”

“那儿的事情也挺糟糕的，对吧？”

“事情”——要说我个人有什么憎恶的东西，应该就是那些本身就有答案的问题。而且在这种恐惧时期，谈论“事情”并非上策。

“和其他地方一样吧，我猜。”

“你说得在理，这世界已经腐烂了。”

和陌生人就普遍腐烂性进行哲学探讨也并非明智之举。我准备起身，那老人拍了拍我的胳膊。

“你知道怎么了吗？我的智利朋友。”

“我不知道，怎么了？”

“就是我还没吃饱，我们再点一份烤肉，你负责吃一半怎么样？”

我想起了在那糟糕的恐惧时期，在过往行程中往往孤零零地草草吃饭，便觉得在这张餐桌前坚守几个小时也是一种抵抗。

“我同意，但酒我来请。”

“好极了！”老人大声说道，一把握住我的手。

我们边吃边喝，边聊着某个有前途的小伙子，叫什么马拉多纳，在足球领域和瓦尔德斯非常相似，我们比较了奥斯卡·博纳维纳和马丁·瓦尔加斯的拳法，我们一致认为卡洛斯·伽达尔音乐中的情感力量无与伦比，但要论嗓音，谁都不能和“探戈男爵”胡里奥·索沙相提并论。在这个拉丁美洲的寻常午后，这张盖着纸板的桌子变成一个阿根廷人和一个智利人的家庭聚会举办地。恐惧被拒之门外，因为有个看不见的无情守卫，负责不让那些令人不快的东西踏足。

晚餐将毕，老人提醒我必须早点抵达边境，他左手握拳伸长拇指，这个手势仿佛指向某个点，仿佛有东西会从天上掉落或者砸到他的背上。

“你就快到了，看到有火车的地方就是边境了。”

酒店的床非常冷，甚至是潮湿的，我花了好一会儿才让自己暖和起来。我体会着旅途的疲惫，还有和铁路工人喝下的五杯葡萄酒，想睡，但又害怕错过火车。在拉基亚卡再停留一天的想法并不讨我喜欢，所幸身边有足够的烟，而烟草得以让夜晚变短。

黎明不宣而至，仿佛有人用一双强健的手粗暴地撕开了遮光的窗帘，刺眼的亮从窗口涌了进来。我看了看表：早上六点。这时间出发去边境正合适。

不一会儿我就撞见了前一天所见的奇怪建筑——一座铁桥。一端有个用阿根廷国旗颜色装点的炮台，另一端的第二个炮台是玻利维亚国旗的颜色。桥下面没有河。

早上七点刚过，几个还睡眼惺忪的阿根廷宪兵开启了边境线。已经有很多人了，女人、男人、孩子，一个个脸色神秘，用有很多尖利嘘声的艾马拉语[①]相互交流，他们的颧骨因为长期咀嚼古柯叶而发肿。他们带着行李箱、包裹、一捆捆的草、水果、蔬菜，还有头朝下的母鸡，眼睛是白色的，翅膀笨拙地伸展着，还有厨房用具，以及一些无从确认的器物。桥的另一边有一群相似的人在等待，我想起了铁路工人说的话——我看见了玻利维亚炮台旁的铁轨起点。

阿根廷宪兵检查了我的护照，拿着照片和通缉犯的照片集对比一番后，便无多言地把护照还给了我。我走过那座桥，再见，阿根廷。早安，玻利维亚。

---

① 一种住在安第斯山脉的艾马拉人的语言，是玻利维亚的官方语言之一。

玻利维亚人把这段仪式重复了一次，但这回的士兵想到了几个问题。

“您要去哪里？”

“拉巴斯。”

“您有车票吗？”

“没有，所以我赶早来了。”

“您要在玻利维亚停留几天？您在拉巴斯有住所吗？”

“没有，到了那儿我会继续旅行。”

“再去哪里？”

再去哪里？我犹豫了。我想到背包里有一幅教学用的南美洲小地图。那张地图上到处是可行的地名，我可以说利马、瓜亚基尔、波哥大、卡塔赫纳、帕拉马里博、贝伦，但我说出口的那个词是从我祖父那儿听到的。

“去……马尔托斯，在西班牙。”

那位士兵批准我继续前行，但我感到他用带着仇恨的目光注视我。那双眼睛来自一位怒气冲冲的神明，石头般的脸上，有双燃着黑色火焰的眼睛。

我在比亚松火车站遵照铁路员工的建议行事，一张小心折好的五十比索纸币，将售票员的回绝变成了对最后关头才来买票的人的抱怨。比亚松火车站比拉基亚卡小，有两个一尘不染的水泥站台。

“火车在八点至十点间到站，十点至十二点大家上车，坐满了就发车。”售票员对我说。

还有时间可以稍微逛逛。我从售货员那儿买了两个馅饼和一杯咖啡，然后垫着自己的背包坐下，看着车站渐渐变成一个欢乐的市集，有吃的、水果、器物和牲畜。我，欣慰地沉浸在这陌生的现实中。

八点的阳光烈了起来，在石灰墙面上折射出的晃眼效果也成倍增加。我正擦拭太阳眼镜的时候听见了一个并不陌生的声音，是那个老铁路工人的声音。

“快走，智利朋友。快走。”

我转过头去，老人从我身边走过，并没有看我，但他轻声嘀咕着：

“快走，智利朋友，在他们抓到你之前快走。”

安第斯的阳光停下了时间，还有这星球的自转，以及宇宙中稀奇古怪的回旋。天空中没有一朵云，没有一只鸟，但突然之间，仿佛大家都听见了秘密的警报声，是几个世纪以来响彻孤寂山丘间的警报声余音，画着图腾的生灵把自己的货物堆起，一阵不可言喻的恐惧席卷站台，彻底摧毁了欢乐的市集。

我望向铁轨的起点，望向边境，看见从卡车上下来一队士兵，在一名军官的指挥下列队扇形前进，准备击退一场伏击。而我孤身一人，坐在自己的背包上。

就在那一刻，突然响起的哨声让我不由得望向另一边，看见老旧的柴油火车头进站。那是个巨大的绿色动物，肚皮上有道黄色的疤，像一条年迈的龙，喷着气把火车拉进站。我看见灰色车厢一节节驶过，仿佛一连串忧伤的鱼，腮帮子上有一个个“拉巴斯”字样。

火车头停在了桥头，因为正如铁路工人可能会说的，有火车的地方就是边境。那时候，我被按在墙上，保持着双腿张得很开、双手支撑在某种石灰表面上，同时有些戴手套的人倒空了我的背包，踩坏了我的书、照片、抵抗恐惧时光的纪念品，最后有人用步枪指着让我低头趴下，双手放在颈后。

大约两小时后，士兵的狩猎游戏让另一个背包的人趴在了我身旁。他是阿根廷人，奎师那知觉会①的辅礼员，他的光头反射着阳光，身上则裹着件光怪陆离的橙色袍子，继续祝福那群人能获得永恒的宁静。

“这是怎么回事，兄弟？”他小声问道。

“闭上嘴，要不他们会让你闭嘴。”

“可是，我们犯了什么事呀，兄弟？”

“有可能是因为对着别人的独子叫兄弟吧。”

接下去的几个小时中，抽筋症状逐渐不那么令人疼痛了。

① 1966年成立于加尔各答，基于印度教的大型宗教团体。

要说有什么没停过的，应该是想抽烟的念头，我用屈辱的爬行动物视角望向火车轮子，还有乘客行动迅速的腿，还有突然失去重量的成堆行李，一个个上了车。一声哨响后，车轮动了起来，我觉得火车也带走了我将恐惧时光抛诸身后的最后一丝希望，我是个囚犯，永远沦陷其中。

“我对他们讲的是真话，都是真话。”奎师那知觉会的抱怨道。

“我也是，但总有人不相信。”

“我告诉他们到了拉巴斯后我要坐飞机去加尔各答。我给他们看了机票、文件，所有东西。”

“我不是和你说了，总有人不相信。”

“我要去追寻光明。这就是证据，兄弟。”

“你别烦。”

“光明就在加尔各答，兄弟。”

下午五点，我们被批准站起来。我们两人手臂和脖子上的皮肤都被晒出了水泡。飞快的一通手续之后，我们的钱和手表都被扒光了，随后即刻因不受欢迎被玻利维亚驱逐出境。

老铁路工人在桥的另一头等着我们，他拿着一瓶水和一罐治疗烧伤的药膏。

“你们算幸运的，孩子们。这群魔鬼本来可能把你们带去军营，那可就和潘帕斯永别了。你们算幸运的。”

“我会去到加尔各答的。”奎师那知觉会的信誓旦旦。

我并不怀疑他最终能做到，而且，别过老人后，我热切地希望他尽早成行，因为，这个背着包穿橙色衣服的光头，在成千上万人里，至少有这么一个能去到加尔各答，那么那条边境线终将失而复得，让我们走进快乐的国度。

第二章

一九七三年起，超过一百万智利人离开了这个病态的扁长国家。有些人因流放被赶出去，还有的因恐惧而落魄逃离，另一些则单纯地想去北方碰碰运气。最后的这群人只有一个目标：美国。

大部分人把仅有的财产换成了一张去瓜亚基尔或基多的汽车票，心想着一到那里只用走几步路就是北方了，就是那应许之地。

出发若干天后，他们汗流浃背，饥肠辘辘，走下逼仄的大巴，然后，初步研究如何继续旅行后，就会发现南美洲其实很大，而且更不幸的是，泛美公路到哥伦比亚的原始森林就消失了。他们仿佛迷失的船只被困在世界的中央，没有当下，也没有未来。

那群人中有个在“阿里·坎”弹钢琴的，他瘦长且白，像支蜡烛似的。双眼总是红通通的，发黄的牙齿咬着下嘴唇，让他具备了忧伤的兔子的气质。

每每回想起瓦尔帕莱索，他都无法抑制自己的泪水，那些他在乐队表演的时光，拥有百年历史的“美国酒吧”是那座港口城市里的波希米亚人的集合点，随着军方强行实施长达十三年的宵禁，那地方也从地图上被抹去了。

“那真是个体面的地方，那儿的姑娘不是妓女——是小姐。水手留给音乐家的小费可多了，和这山沟沟可不一样。”他抱怨着，随即咒骂起自己竟沦落到了玻利瓦尔港（没错，不是来到这里，而是沦落到这里）。

玻利瓦尔港在太平洋岸边，离马查拉很近，在瓜亚基尔南边。海洋存在于微风中，有时候能消散来自内陆的潮热雾气。海洋看得见，也听得到，但闻不出味道。

玻利瓦尔港把厄瓜多尔的香蕉出口至全世界。防波堤外大约五公里处，有个像足球场一样的大洞，深度未知。不宜出口的香蕉将在那里被成吨抛下，可能是因为成熟太早，可能是因为长了可疑的虫斑，或者因为种植园主人或承运人忘记了支付行业土匪定下的某种税金。

这地方名叫“大锅”，始终在沸腾。数千吨水果不断分解，形成了一种浓稠又令人作呕的疙瘩糊，不停冒着泡。一切无用的都会被丢进“大锅”里，且这道怪物一般的菜里不止有植物原料——和寡头政客作对的人也会在那里面慢慢腐烂，他们要么体内有好几盎司的铅，要么被砍得缺胳膊少腿。“大锅”无休止地沸腾着，发出的恶臭赶走了海的芬芳气味，连秃鹫都不敢靠近。

“快滚吧。现在就滚，别等到这股该死的臭气干掉你的意志，那样你会和我一个下场，在这里活活地烂掉。”每次见面，钢琴师都会对我说这些话。

我来到马查拉是为了能早日离开厄瓜多尔，尽快启程意味着再恶心的工作也要接受。于是我接受了马查拉大学为期一学期的合约，也因此答应向为数不多的学生讲解传播媒体的社会学结构。刚来没多久，我就有了走人的想法，但口袋里连一雷尔①的钱都没有，我必须等到合同结束才能拿到薪水。这得怪一种非常具有赤道地区②特色的官僚体系，即在学期结束后才付钱给客座教师，还得谢谢一位把一半现金归为己有的管理员。

这笔尚未到手的钱得省着花，于是我们一群教师（其实是本科生，包括一个乌拉圭人、一个阿根廷人、两个智利人、一个加拿大人和一个对赤道痛恨至极的基多人）决定一起住在一间大屋子里。那个房间涂着令人反感的绿色，金属皮天花板，面朝森林。我们在里面装了六个吊床，摇晃着度过午后，抽着烟畅谈拿到钱以后各自的计划，喝光一箱箱啤酒，看着头顶徒劳旋转的风扇叶片。

---

① 厄瓜多尔流通至1871年的货币。

② 厄瓜多尔又称“赤道之国”。

马查拉没什么景点，能做的事就更少了。露天影院里播放的电影由一位神父负责审查，好品位并不是他的特点之一。如此一来，那些浸润着“大锅”传来的恶臭的炎热夜晚若想有所缓和，除了去玻利瓦尔港的赌场或妓院转一圈，别无他法。我们去赌场是为了享受空调，因为我们的某位学生几分钟内就能把我们要挥汗如雨一学期才赚到的钱输个精光。

“给老师们上一轮酒。”学生点酒的时候眼睛一直盯着转盘上的球。

我们向他致谢，祝他好运。

我们去妓院是出于喜爱，尤其是去“阿里·坎”。那是个有铁皮屋顶的巨大木板棚，管事的艾瓦丽斯塔女士是个六十来岁的智利胖女人，在我们肩头一边挥洒汗水，一边呜咽着诉说对圣地亚哥或布宜诺斯艾利斯的思念，她是在那些城市里开始了自己的职业生涯。请艾瓦丽斯塔女士跳支探戈，店家会送上一瓶威士忌和一条烟。我们的探戈舞技尚可——加拿大人除外，他总是忙于记录一切见闻以便日后写一本（据他本人表示）比《百年孤独》更棒的小说。胖女人热爱着加拿大人，每每见他在写字便会让其他姑娘都闭嘴。

在“阿里·坎”工作的二十来个女人在几个小房间的地上铺了弹簧床垫接待客人。有时候，某位体力旺盛的水手用爱欲交织的暴行摇晃起这个在水上的棚子，沙龙里的客人都会报以会心的掌声。我们如此度过夜晚，在“阿里·坎”的一个又一个夜晚。

第二天，赤道地区的日常又开始了——在“大锅”的恶臭中醒来，跳出吊床，努力让脊柱恢复竖直，清空鞋里的蟑螂和蝎子，洗个痛快澡，一头扎进街上黏糊糊的雾气中，喝一杯酒馆里的美味黑咖啡，步行五个街区抵达大学，开始讲课前再洗一次澡。

共计十五名学生报名了我的传播媒体社会学课程，但我最终只见到了三位，而且我一直特别想知道他们究竟想从我这儿学到点什么。其中一人，二十岁时就已经是性病领域的行家了，该得的他都得过，而且以此自夸。另一个是香蕉大亨的儿子，他上午致力于兢兢业业地钻研跑车目录，痴迷于拥有一辆保时捷。而本地区几乎没有公路这一点对他来讲根本不是什么问题。还有第三个，嗯，我始终没能搞清楚他是否至少具备阅读能力。

到了第三个月，我开始认同“阿里·坎”的钢琴师了。我必须离开那个该死的地方。

马查拉的正统社会一直看我们不顺眼。我们六人，其中有五名外国人，而且我们举债度日，还爱光顾妓院。虽然看不顺眼，却也没让我们活不下去。人们在排斥与不信任中慷慨接纳了我们，而一切在某个下午戛然而止，“阿里·坎”的姑娘含着眼泪告诉我们，神父禁止她以及另外两个同行进电影院，让她们没看成《女贼金丝猫》。

“偏偏我们那么喜欢李 · 马文[①]这个混球啊……”她呜咽着细述道。

我们尽管落魄却也仗义，于是六个火枪手立刻去找神父唱诵一些真理。

“作风差的女人不能进电影院。”传教的人说出了让人讨厌的话。

“电影院是一种文化，很有可能她们会在某部电影里遇到改变人生的道德价值观。您别忘了选电影的人是您自己啊。”阿根廷人辩驳道。

“这点我承认，但她们必须由品格可靠的人陪着一起来。”

“比如说由大学老师陪着？”加拿大人问。

“你们？你们会为了和妓女一起看电影而拿自己的事业去冒险吗？别开玩笑了。”

从那天起，我们每周五都和想看电影的姑娘们同行。神父站在门口，看我们的眼神充满恨意，却也无法阻止我们的同伴入场。我们恪守着仗义的职责，然而马查拉的正统社会可不这么认为。当地的老师不再邀请我们去家里作客，警察用讥讽的目光打量我们，关于我们寓教于风流的谣言也开始四散。是时

① 李 · 马文（1924—1987），美国演员，因《女贼金丝猫》赢得 1966 年奥斯卡最佳男演员。

候该离开那里了，问题是如何离开。离学期结束还差得远。

某天晚上我在赌场里的时候，重新上路的契机出现了。我享受着里面的凉风，它吹得赌客喷嚏连连，也让马查拉的女人们能显摆皮草外套和围脖。我独自一人，同事们都去“阿里·坎”了，因为前一天晚上发生了一件不可思议的事——加拿大人把半瓶朗姆酒喝下肚后，终于下定决心把胖女人叫来跳舞了。探戈、萨尔萨、梅伦格、美洲华尔兹、帕西约、圣欢尼托，什么都跳。加拿大人变成了陀螺，宣布自己的小说写作计划就此彻底告吹，还把一页页笔记都散发给了在场的其他顾客。他要和此生的挚爱携手热烈地活一次，他搂着艾瓦丽斯塔女士宣布这一切，那胖女人的欣喜溢于言表，邀请我们共赴订婚晚餐，我自然是要去的，但我想先体会这能让人自愿离开赌场的美妙寒意。我正身处其中，有人突然摇了摇我的肩膀。

那个人我以前见过，我知道他是做香蕉运输的商人，名下有卡车和船。他说话的时候带着瓜亚基尔人那种缓慢而富有韵律的语调。

“老师，您说，您相信概率定律吗？”

“有一定的道理。”

“您看，我连续六轮都赌零，结果都没中。您觉得下一轮会是零吗？”

“想知道的话，唯一的办法就是冒一次险了。”

“不愧是爷们。”他说着，把一串钥匙丢到了桌上。

“今年新出的克莱斯勒。花了我两万美金。”

赌台管理员离开了一会儿，他走进隔壁的大厅，随后回到了赛场上。

“一万，还有给赌场的百分之五佣金。”

“一万五，佣金翻倍。”

“我们接受赌注，请开始吧，先生们。”

球开始转动，那个瓜亚基尔人一脸冷漠地注视着它移动的轨道。他双手靠在桌子边缘，纹丝不动。这是真正的赌徒，这种倦怠说明他就想输。小球停在了数字七那里，他耸了耸肩。

“真操蛋啊，老师。不过这下我们也把问题搞明白了。”

“我很遗憾。”

“这就是运气。我们去酒吧，我请您喝一杯。”

我们在酒馆里自我介绍。那家伙想知道更多关于我的事情，他一言不发地听完后，他对我就像在和一个香蕉经销商说话似的。

“您可真是从天而降，老师。您和我去洛卡福尔特住几个月，我儿子马上要高中毕业了，我想让他当律师。您帮我把他教进大学，我帮您解决任何经济困难。成交吗？”

“厄瓜多尔的大学只要想进谁都能进。”

“我儿子要去美国读书，那里有入学考试这样那样的烦人事情。每个月两千美金怎么样？我们来做点实际的，老师。我这里给您一张空白支票，您明天去兑现。一千美金，两千美金，您需要多少就拿多少。这笔交易在于，周末您得出现在我家里。现在请滚吧，老师。我输了钱之后想一个人待着。”

我到“阿里·坎”的时候已经过了午夜。这个饮食地狱里能吃的只有米饭和炸香蕉，所以艾瓦丽斯塔女士做的几十个馅饼味道比白鲟鱼子酱更美味。那一晚我们肆意庆祝，艾瓦丽斯塔女士认出了支票上的签名，她说那是整个地区最富有的人之一，我的疑虑就此打消，能考虑重新动起来了。

我们狼吞虎咽，吃了很多馅饼，喝掉了数不清的智利葡萄酒，还用探戈歌曲把胖女人唱得泪流满面，然后加拿大人突然跳上桌开始演讲，把大家都吓了一跳。

“伙伴们，我想告诉你们，这个女人太美好了，我明天就搬来和她一起住。我要做这个家里的男人，然后你们，伙伴们，我的兄弟们，从现在开始就当你们是我们养的！婊子养的都长命百岁！”

第二天我去了银行，取了一笔数目可观的钱，还了债，还分了点钱给同事们，背上包，出发去汽车站。钢琴手在那里等着我，他瘦长且白，像支蜡烛似的。

“你不知道我有多么高兴，兄弟。祝你好运。”他边说边握住了我的手。

上车前我深呼吸，让“大锅”飘来的恶臭充斥自己的身体，广场的扩音器里传来神父的声音说要把去观看《克莱默夫妇》的人都逐出教会，因为那是一部歌颂离婚的电影。

“今天下午的电影院该坐满了。”钢琴手喃喃道。

若干年后，在离厄瓜多尔很远的地方，我在一份魁北克文学期刊里认出了马查拉那个加拿大人的名字。他发表了一部短篇小说，名叫《赤道的猫都是棕色的》。那个故事很优美，和我们共同度过的时光一样美，虽然薪水未可期，虽然头顶的电扇吹不出一丝风，但有一群女人和男人共度，让我见识到他们毫无保留的高尚品格。

第三章

那天早晨，天还没亮我就起床了，收拾完寥寥几件物品，别过“被征服者”庄园。那地方很美，是置于荒原中心的一片壮丽葱茏的绿洲，而我像个逃犯似的一声不响地离开了，这感觉荒谬而又屈辱。但我想了一整晚，正如利希滕斯坦指出的，枕头建议我们做的决定，要服从。

厨娘见我走出大门，便假装看向另一边。走到大门口的时候，我发现门锁住了，有一把巨大的锁和一根链条。幸好墙不高，我轻松地翻了过去。

走了一百来米后，有辆卡车在路边停下了。

“你去哪儿？”车厢里有人问道。

“巴兰科，我去坐出租飞机。”我回答。

“假如你不介意一块儿的话，后面还有位置能带上你，我们去伊瓦拉。”司机说。

“好极了，太感谢了。”我答毕，一脚从后面攀上了车。

卡车上装了几头硕大的猪，把我当伙伴一样欢迎。我在角落里，坐在背包上，想着自己曾经几乎迈出那一大步而抵达欧洲，人生的道路却总是曲折。为了抚慰自己，我认真欣赏起了荒原之上那片狂暴光亮中的峰峦景致。

突然之间，我感到，猪的目光还停留在我身上。有人，我不记得具体哪位，曾经写过猪的眼神很变态。这倒不是，这群猪无辜地眨着小眼睛，露出一丝恐惧。或许它们揣测出了这趟旅程通向终结。

“我们有些共同之处，相信你们也注意到了。而我及时逃脱，你们却要被做成血肠，伙伴们。真他妈的，这就是命。”

三周前，我身处安巴托，这座城市到处是鲜花，还有名副其实的全厄瓜多尔最美丽的女人们。我沿着亚马逊雨林中的可卡河，试图做一篇有关石油设施的报道。我身边一如既往地物资匮乏，而有一本美国杂志为这个项目提供了可观的报酬。我得在安巴托联系上一位工程师，让他开吉普车载我到昆卡，然后在那里搭乘“德士古”公司的小飞机继续这段旅程。

于是我来到了远方，在一家咖啡馆的露台上，满心欢喜地欣赏不负这座城市盛名的姑娘们。突然间，也是为了在这满目美好的琳琅中稍事休息，我看了一眼报纸。有一则启事引人注目——

诚招，要求年轻，受过教育，履历良好，文笔优美，将参与合作编辑某位公众人物的回忆录。优先考虑西班牙后裔申请人，有意者请致电……

好奇心驱使之下，我打了电话过去。接电话的女人声音很霸道，对于我提出的有关那位公众人物身份的问题一概不答，不过她对我进行了详细的盘问，尤其是关于我西班牙祖先的相关信息。最后，出乎我意料地，她说我被录用了，并开出了报酬，那篇可卡河上设备的报道就此束之高阁。挂电话之前，她指点了我去安巴托八十公里外某个庄园的路线，还明确表示她第二天会在那里等我。

二十四小时后，我叩响了被征服者庄园的大门。这座气派的殖民风格大宅被花园围绕，门廊处挂着几十个笼子，里面都是丛林里的野鸟。前一天和我通电话的女士就在那里迎接我。

"这是我女儿养的，她热爱鸟类。希望您早晨不会被鸟叫吵到，尤其是巨嘴鸟，叽叽喳喳的。"

"绝对不会，这是醒来的最佳方式了。"

"请进，我带您看您的房间。"

房子入口处有幅等身全身的肖像画，那人的打扮像是科尔特斯、阿尔玛格罗或者随便哪个征服者。这位战士双手放在剑上。

"这位是先行者佩德罗·德·萨尔缅托·伊·费格罗阁下，

我们是直系后代，荣幸至极。”那位女士说道。

“我身体里流着的西班牙血液没有这么尊贵。”我说。

“但凡西班牙血统，就是尊贵。”她答道。

她分配给我的房间十分简朴，内有一张床、一个床头柜，以及一个年代感作响的衣柜。房间一角有个摆设令人匪夷所思，乍一看我以为是某种原始的衣架，但是，走近看到上面的十字架，我明白了这是个祈祷用的小跪凳。

“您先休息一下，半小时后我们在餐厅等您。”

吃午饭时，我发现那位先行者后人寥寥，家族行将消失。

那位女士是寡妇，整个庄园由她掌管，羞辱做杂活的印第安女仆和苦工令她由衷地快乐。她女儿阿帕莉西亚四十岁上下，行动笨拙，又因她身高一米九，所以看起来仿佛在向家具摆设赔礼道歉，而且尽管体型匀称，却依然庞大。我从一开始就觉得这个女人是从某幅巴洛克绘画里摘下来的，巴洛克风格的大师们总是画出矮小却充满肉感的女性，可能其中某一位失手画下了阿帕莉西亚这么个充满肉感的大个子女人，然后为了不惊动学院派，便将她从画里去掉了。她的脸庞本可以很美，却毁于长期强颜欢笑，甚至是遗传自她母亲的恨意。阿帕莉西亚用刺绣打发时间，我虽然一直痛恨进行动物学对比，但靠近她时，实在无法不想到雌性动物发情时的标志性酸乳汁气味。一家之主是位声名显赫的公众人物，是寡妇的父亲，这位老人也是二十世纪二十年代权力斗争的主人公。人们用加西亚·马尔克斯小说里的上校头衔称呼他，他吃的是棕榈蜜木薯做的软食。最后是胡斯迪尼亚诺，这位老神父举手投足像只秃鹫，每个毛孔里都散发出酒臭。

我在被征服者庄园的日子，沉浸在一种牢不可破的规矩中：早晨七点，我得去家族的礼拜堂里参加弥撒；早餐过后，与老上校、神父交谈两三个小时；紧接着是午餐，以及感恩词；下午睡过午觉，和两位老人喝咖啡，直到念珠祈祷的时间；晚饭结束后我们转战大厅，阿帕莉西亚在那儿刺绣，老人们玩几局多米诺，而寡妇会给我讲述先行者的功勋。

待在那里一星期后的一天早晨，我走到大门口看见阿帕莉西亚在对着一只鸟说话。注意到我的时候，她两颊充血，呼吸急促。我显然惊扰了她的私人时刻，便试图用一句和善的评论从她的恍惚里脱身。

“你的鸟儿可真漂亮。那只是什么鸟？”我胡乱地指了个笼子。

“紫喉果鸠。”她回答的时候没有看我。

“你能让它唱歌吗？”

“这只鸟还是别唱的好。”她说着走远了，门廊里都是酸乳汁的气味。

我停留在鸟笼前，那只鸟手掌大小，黑羽毛，油亮，几乎呈蓝色。它头上有一绺绿灰夹杂的羽毛，胸口有个好像是用火鸡毛做的挂饰。我伸出一只手，它也许因此受到了惊吓，连胸饰上的羽毛都鼓了起来——像个蛤蟆，随后迸发出与之脆弱美丽的容颜相去甚远的叫声，一种粗暴无礼的叫声，有点像惊慌的牛群在暴风雨中发出的咆哮。

有个女清洁工佯装在擦栏杆上的灰，慢慢走了过来。

“老板，您别让这只鸟唱歌。这只鸟很苦命，它每次开口唱，雨林里的其他鸟就会丢下它孤零零的。可怜的小东西，这是阿帕莉西亚小姐的心头好。”

每天下午，寡妇见到我翻阅笔记，便会露出满意的笑容，但我已开始把这一切都视作一种报酬丰厚的蹉跎。那位声名显赫的公众人物的回忆在动脉硬化和神父审查的夹击之下已变得相当平淡，当年的自由主义精神在这可怜的老人身上也不复存在，而且他有时候会把自己的经历和书里读到过的故事混淆。所以，他会把埃洛伊·阿尔法罗①遇刺归结为拿破仑战争的后果，也就不足为奇了。

十五天后我告诉自己，被征服者庄园里的日子是我许多年来第一次享受的度假生活。吃得好，睡得好，呼吸着美好至极的空气，喝着上好的西班牙葡萄酒；寡妇给我安排的牲口交易

---

① 埃洛伊·阿尔法罗（1842—1912），厄瓜多尔前总统，1912年死于基多人民暴乱。

收入可观，在阿帕莉西亚的照看下，我的衣服始终干净，而且熨得无可挑剔。有时候，她那雌性发情期的气味也搅得我血脉偾张，我甚至想过，也许两瓶酒下肚后会敢去这位女绣工的床边探访。

每天早上的弥撒，阿帕莉西亚都坐在我旁边，她跪在圣母像前说的话我自始至终都没听懂，雕像出自卡皮斯卡拉①之手，全家人都为之骄傲。虽然我没听懂她的话，但我从手势中猜到了那个女人在做的远非祈祷，而是在咒与骂，说不定甚至在说亵渎话，因为她不幸生得一副人高马大的魁梧样子。

那两周里，上校的回忆和神父的批注塞满了好几本笔记。那整群人里，最令我感兴趣的是老神父。每天下午，到了念珠祈祷的时候，他已经灌下了好几瓶酒，而他对亚马逊流域居民的恨意也因此倾泻而出，他管他们叫野人、异端、堕落分子，指责他们令他沉沦。我对酗酒神父的形象愈发着迷，尤其是听过了厨娘说的，他年轻时曾去奥卡人②部落做传教士。

“他本来是可以封圣的，但丛林里的女人咕嘟咕嘟地把他的脑子和贞操都吸空了。因为她们每个人都好看，而且光着身子走来走去，他就忘记了要遵循教士的独身生活，而且听说他在丛林里生了五个孩子。后来他想到那些可怜的私生子就要疯，

① 皮斯卡拉，18 世纪厄瓜多尔雕塑家。

② 即华欧拉尼人，生活在厄瓜多尔亚马逊流域的印第安人。

想到他们在那里，赤膊，吃生肉，像长尾猴似的从一棵树上跳到另一棵树。”

我试图撬开神父的嘴，但那老醉鬼慎言寡语。每当他摄入的酒精让他无法再保持直立时，寡妇和阿帕莉西亚便会把他拖到床上。过不多久她们会回来，低调处理神父大人作为酒鬼的个性特色，寡妇会给我一杯干邑酒，我们会谈论上校的回忆，谈论最终定稿的时间，以及他见到回忆出版成书之时将会感受到的喜悦。

我不太光彩地离开被征服者庄园的前一夜，寡妇向我提出了一个新任务，这次是为先行者写传记。她提出的条件让我激动得颤抖，因为其中包括前往欧洲一次。

“您自然应该前往西班牙，去西印度岛档案馆[①]做记录。不过这些我们等上校的回忆录变成现实之后再谈。”

那晚，我纵使如何辗转反侧也无法合眼。这家人所展现出的一切既不合时宜又愚蠢，他们对我而言却像一座金矿，是我不经意遇上的最大的宝藏。人生中第一次有人因为我始终期待着做的那件事（写作）而优待我，尊重我，付钱给我。此外，他们要让我去欧洲！这是何等幸运。

我从房间走到厨房，想去喝一杯牛奶。厨娘身边有个男人，

---

① 即建于1785年的西印度群岛综合档案馆，位于塞维利亚市，收录在美洲和菲律宾的西班牙帝国的历史档案及说明。

我见过他驯一匹小马。他穿一身白，脖子上系着条蒙土比奥驯马人①的红围巾。

厨娘用锅热牛奶的时候，那个男人从上到下打量了我，同时露出了一个相当嘲讽的微笑。

“我亲眼见到了才敢信。”他大笑着说。

“您觉得我很滑稽吗？”

“不瞒您说，我觉得不仅仅是那样，我觉得您是个傻子。”

“打住，前辈。我不认识您，您侮辱我，能告诉我原因吗？”

“你什么都别对他说，何塞。你别瞎掺合。”厨娘给出了忠告。

“放屁！总得有人告诉他！”

“告诉我，什么？”

于是那男人起身走到门口，随后示意我跟他走。我一脸恍惚地望向厨娘。

“您跟他去吧，老板。虽然听起来像假话，但您对这里发生的事情一点儿都不了解。”

我们走了出去，这不毛之地的夜晚很冷。他指向马厩让我一起过去。到那里后，他让我坐在一个大箱子上，给了我一瓶酒。

---

① 厄瓜多尔沿海地区的印第安人，当地起源的驯马术也以此为名。

“您喝一杯吧，我觉得需要点儿这个。”

我喝了。感觉内脏都被摧毁了，那东西叫“纯酒”，是最厉害的甘蔗烈酒。我咳了起来，男人在我背上拍了几下。

“请原谅我把您当傻子一样对待，朋友。您活该。”

“行吧，您有没有烟压一压这酒？”

他从上衣口袋里抽出两支长烟，给了我一支。给我点火的时候，他看我的眼神就像在看一个无耻之徒。

“好了，您一下子都告诉我吧。”

“他们把您养肥，当成猪一样。”

“我一个字都听不懂。”

“哎，您啊，可怜可怜那群傻子吧！他们在把您养肥，我的朋友，但不是为了把您宰了。他们要让您结婚。”

“您究竟在说什么？”

“他们要让您结婚。那寡妇认准了，指定您做胖姑娘的男人，您单身，不是这里的人，一个人都不认识，没有家人，而且，请容我冒犯您一句，您和所有读书人一样高高在上，不会掺合寡妇的那些生意事。您身上发出的气味就是做丈夫的味道。”

“您疯了吧，哪儿来的蠢话。”

“您看起来不是这里的人，如果是的话，您早就该注意到了。您想想看，做弥撒的时候他们让您坐在胖姑娘旁边，吃饭的时候他们让您坐在胖姑娘旁边，念珠祈祷的时候他们让您坐在胖姑娘旁边。还有，是谁给您洗衣服、熨衣服？胖姑娘。是谁给您铺床、给您房间放花的？胖姑娘。您看过她在刺绣的东西吗？是床单啊，朋友，新婚床单。这里可没有姑娘会当着不是自己许配之人的面干这些活儿。”

蒙土比奥人的话让我哑口无言。我的喉咙被香烟灼伤，又让他把酒瓶递给我。这一次纯酒对我没那么凶猛了，而我也开始厘清了些许逻辑。

“就算是这样好了，您为什么要告诉我这些事情？”

“因为我为您可惜呀，朋友。您看，我们中有很多人准备好了要和那个变态结婚，为了庄园，可以理解。但是出于自尊心，我们中没有人准备好了要放弃自己的姓氏。您理解不了吗？他们把您当种马一样养着，让您拯救萨尔缅托·伊·费格罗家族的血统。寡妇是个疯老太婆，她爹和神父也都是疯子，她坚持要大块头姑娘怀上一两个男孩，延续那个先行者或者随便他们怎么叫那个西班牙臭屁家伙的血脉。她是寡妇，没错，但守寡前她一直在诅咒阿帕莉西亚的父亲，她被那个拉塔昆卡人抛弃了，活该。阿帕莉西亚出生后，上校那个老傻子让人把他们两个都丢进水里，因为生下来的是个女孩，而不是期待中的男孩。您懂了吗？如果您问为什么那寡妇不让其他男人配种，答案很简单——萨尔缅托·伊·费格罗家族后人的身体里不能流印第安人的血。您懂不懂？”

“我有我自己国家的印第安人的血统。”我说出了口。

“那儿的印第安人肯定都是傻子，我们这儿的人思路清楚。他们要让您结婚，朋友。而且，哎呀，如果您不能尽快让大块头姑娘怀孕的话，哎呀，哎呀，如果您不能让她生个小男孩出来的话。”

“如果我拒绝结婚的话会怎么样？”

“朋友啊，一个外国人胆敢冒犯被征服者庄园的主人是什么下场，可没有人愿意去设想。”

傍晚，卡车司机把我带到了伊瓦拉。别过他们和猪们以后，我先去给一位在基多的律师朋友打了个电话，想了解他对这件事的看法。

“你惹上了大麻烦，这群偏执狂被人伤了自尊心是什么下场，谁都无法预料。”

“荒唐，这一切都太荒唐了。”

“厄瓜多尔的一切已经荒唐到大家都波澜不惊了。这里呼风唤雨的四十个家族里，萨尔缅托·伊·费格罗家族是其中之一。你多消失一阵子吧。”

我听从了朋友的建议，去了波哥大，又从那里去了卡塔赫纳。我没注意寡妇有没有想办法对付我，也忘记了这段故事，直到几年后，我又回到了厄瓜多尔。在奥塔瓦洛的市集上，我遇到了被征服者庄园里的厨娘。

好心的女人已经不在庄园里工作了，她现在摆摊卖烤豚鼠。她让我坐在柳条凳上，拿了一个最肥美的啮齿动物招待我，然后把故事的结局告诉了我。

“他们发现您逃走后，寡妇和两个老人把阿帕莉西亚小姐狠狠打了一顿。边揍边大喊说她蠢，因为她那几个星期里都没上您的床。最后，可怜的姑娘伤痕累累，把笼子里所有的鸟都杀光了。她只留下了一只活的，那只从雨林里来的黑色的鸟，叫声像头牛。我觉得小姐很可怜，但也为您高兴。”

“然后呢，发生了什么？”

“四五个月后又来了个年轻人给上校写回忆录，那个年轻人说话很怪。每次给他东西，他都会说个好像是‘obrigado’[①]之类的词。”

“他是巴西人，这无所谓，您请继续。”

“他们让他和小姐结婚了。最后他们成功了。”

“然后呢？”

“没有了，现在庄园里有个小男孩。您想知道他的名字吗？佩德利托·德·萨尔缅托·伊·费格罗。”厨娘说着，笑得十分灿烂，只有奥塔瓦洛的女人有这样的笑容。

---

① 葡萄牙语中的“谢谢”。

第三部分

回程的旅行笔记

第一章

“好了，我们到了。”我小声说，有只海鸥转过头来看了我几秒。“又来了个疯子。”海鸥也许会这么想，因为我其实孤身一人，对着大海，在奇洛埃岛的琼奇港[①]，这里靠近世界的南端。

我在等着登上“殖民者”号，这艘涂着红与白的摆渡船几十年来徒劳航行在波罗的海、地中海和亚得里亚海上，然后来到了冰冷深邃、变幻莫测的南半球水域。

“殖民者”号预计在启程二十四小时后（实际上也有可能是三十个小时或者更久，一切都取决于诡异的海和风），带我去往更南的地方，到达五百英里之外的智利巴塔哥尼亚的中心。

等待的时候，我在想两个美国老人，他们扯了扯脆弱的命运之弦，让我和布鲁斯·查特文[②]在某个冬日的正午相遇在巴

① 智利中南部湖大区奇洛埃省内的港口。

② 布鲁斯·查特文（1940—1989），英国作家，著有《巴塔哥尼亚高原上》。

塞罗那苏黎世咖啡馆的露台上。

一个英国人和一个智利人。仿佛这还不够，这是两个对“祖国”这个词的音素都缺乏爱意的家伙。英国人，四海为家，因为他做不了其他事情；而智利人，出于相同的原因被驱逐。见鬼了！得有人来给这种级别的相遇下道禁令，或者至少保证事发时没有未成年人在场。

会面是布鲁斯的西班牙语编辑安排的，正午，我绝对守时地抵达。英国人先到，面前已有一杯啤酒，他在看《毒蛇》杂志①上的某个变态漫画故事。我轻扣了几下桌子，吸引他的注意。

英国人抬起头，说话前先喝了一口啤酒。

“南美人守时，我还能不计较，但一个在德国住了几年的人初次赴约没有带花，就真的叫人无法忍受了。”

“你要是愿意的话，我十五分钟后带着花再来。”我回答道。

他手指向一把椅子，我坐下后点了支烟，我们互相看着对方一个字都没说。他知道我知道那两个美国人的事情，我也知道他知道那两个美国人的事情。

“你是巴塔哥尼亚人吗？”他的问题打破了沉默。

“不是，我来自更北的地方。”

---

① 西班牙另类漫画月刊，1979 年至 2005 年间出版发行。

“太好了。巴塔哥尼亚人说的话，能信的部分不到四分之一。他们是地球上最会说谎的人。”他手拿啤酒评论道，我觉得必须进行还击。

“因为他们从英国人那儿学来的，你知道菲茨罗伊对杰米·巴顿编了多少谎言吗①？”

“一比一。”布鲁斯说着向我伸出了手。

介绍仪式的结局令人满意，我们随后聊起了那两个美国老人，他们也许正在某个被地图忽略的地方观察我们，为自己见证了那场相遇而高兴。

那个巴塞罗那的正午已经过去很多年了，很多年又几个小时，因为此刻，我在等码头工人往“殖民者”号上装完东西，然后才能登船，现在也是二月的某一天，下午三点。世界之南已正式入夏，但太平洋上的寒风让这个细节变得毫无意义，一阵阵吹到骨头麻痹，而不得不去回忆里寻找热度。

我们在巴塞罗那谈及的那两个美国人，毕生大部分时间都投身于银行事业，一如众所周知，这行业有两种工作模式——

---

① 罗伯特·菲茨罗伊（1805—1865），英国探险家、天文学家，1828 年至 1836 年参加了对南极半岛、巴塔哥尼亚、火地岛及麦哲伦海峡等地的考察。杰米·巴顿（约 1815—1864）是他用纽扣（巴顿意为“纽扣”）换来的火地岛印第安人，被带回英国展览、接受“文明社会”教育并赋予回美洲做传教士的任务，巴顿回到故乡后重新学习母语，回归印第安人的生活方式并拒绝返回英格兰。达尔文也是当时同行一员，巴顿的行为令他重新思考人类的动物本性。

在银行里工作或者抢银行。他们选了后者，因为，他们毕竟是美国人，血液里继承了慈善的清教主义，让他们迫于将抢劫得来的财富迅速分享出去。与他们分享财富的有巴尔的摩的女演员、纽约的歌剧歌手、旧金山的中国厨师、金斯顿或者哈瓦那妓院里巧克力色皮肤的妓女、拉巴斯的算命女人和女巫、圣克鲁斯有待认证的女诗人、布宜诺斯艾利斯忧郁的缪斯、蓬塔阿雷纳斯的水手的寡妇，而且他们最后还赞助了巴塔哥尼亚和火地岛地区那些不可能成功的革命运动。他们曾用过的名字有：罗伯特·勒罗伊·帕克和哈里·隆格巴、威尔逊先生和埃文斯先生、比利和杰克、佩德罗先生和何塞先生。在广袤的传奇人物的世界里，他们以“布屈·卡西迪”和“日舞小子”的名字登场①。

我坐在葡萄酒桶上回忆着这一切，面朝大海，在世界之南，在布鲁斯送我的专门用于本次旅行的方格笔记本上做下记录。这可不是普通的笔记本，而是一件珍藏的作品，一本货真价实的“鼹鼠皮”，这种笔记本深受塞利纳和海明威等作家的喜爱，现在文具店里已经买不到了。布鲁斯建议我在使用前像他

---

① 布屈·卡西迪，真名 Robert Leroy Parker，是美国旧西部时代著名的火车抢匪与银行抢匪；日舞小子，真名 Harry Alonzo Longabaugh，是他的同伙。两人后逃往南美洲，据说死于 1908 年的枪战，但也有说法认为他们幸免于难后回到美国。

一样先标上页码，然后在封底留下至少两个地址，写下一段保证，如果笔记本遗失会给归还的人提供奖金。我对他说，我觉得这一切行为都太英国化了，布鲁斯的回答则是，多亏了此类预防措施，帝国幻象才得以留存在英国人心中。他们用血和火在每个殖民地刻下归属于英格兰的理念。而当他们失去殖民地的时候，用一笔小小的经济奖励即可将其收回到“英联邦国家”名义之下。

“鼹鼠皮”出自图尔[①]的一位装订师傅之手，他的家族从世纪初开始制作笔记本，但工匠过世后，没有后人愿意继续这门手工艺传统。这不怪任何人，这是所谓现代性强加的游戏规则，让仪式、习惯和细节一天天消失，而我们又将很快追思忆起。

有个声音宣告我们将在几分钟后启航，但没说具体几分钟。

奇洛埃岛上的小港口和村庄，大部分是十六至十七世纪期间的海盗造起来，或者为了抵御海盗而造的。无论是海盗还是贵族，所有人都必须穿越麦哲伦海峡，停靠在诸如琼奇这样的地方补给粮食。自此所有建筑物的功能都不曾改变，并且所有建筑物都具有双重功能，不过，其中一种是主要功能。店铺的类别有酒吧兼五金店、酒吧兼邮局、酒吧兼航运代理、酒吧兼药房、酒吧兼殡仪馆。我走进了一家酒吧兼兽医药店，但门口

---

① 法国中西部城市。

挂着的招牌表明，这里还有另外一项功能——治疗人类和动物的疤痕和腹泻。

我坐在窗边的一张桌子前，旁边几桌在玩“摸三张”，这种纸牌游戏允许同伴眨眼示意，也要求跟着韵律严谨的诗句出牌。我点了杯葡萄酒。

“一杯还是一小杯？”服务员询问道。

我出生于这个国家，只不过是再往北一点。我的故乡和琼奇相距不过两千公里，也许是因为太久没有踏足这天涯海角，让我忘记了某些重要的精确度量。我不假思索地坚持要喝一杯葡萄酒。

不一会儿，服务员拿着一个巨大的杯子回来了，容量将近一升。在世界之南还是要记得使用“小”这个词。

酒不错，是年份新的“皮普诺”①，酸、粗、野，好比门外等待着我的大自然，这酒入口令人愉悦，我喝着忆起了布鲁斯曾经特别高兴地讲起的一个故事。

有次他重返巴塔哥尼亚，背包里装着很多“鼹鼠皮”笔记本，里面积攒的正是日后被称为有史以来最优秀的旅行书之一、书名为《巴塔哥尼亚高原上》的佳作的原始素材。有一天，他来到了位于岛东部的库考。他已经饿了好几天，于是想吃点东

---

① 智利特有的混酿葡萄酒。

西，但不想往胃里塞太多。

“麻烦您，我想吃点清淡的东西。”他对餐厅的服务员说。

他们给他上了半只烤羊腿，当他不满地坚持表示想吃点清淡的东西时，他得到的是一个不接受任何反驳的回答。

“那只羊很瘦，先生，您全岛都找不着比它更‘轻’的了。”

人固然奇怪。而且由于奇洛埃是巴塔哥尼亚的接待处，所以我们再往南将会见识到的真挚美丽的古怪言行都始于此。一位阿根廷老师给我讲过一个无法超越的故事，是他的学生对钟表的描写：“钟表是用来衡量延迟的，正如汽车漏油会坏，钟表也会，它漏的是时间。”

有人说过超现实主义已死吗？

港口的动静变大了。大卡车已经上船，现在轮到小型交通工具。等码头工人装完货物，不久就会呼叫乘客了。岛民力气很大，他们身型矮小，双腿短却坚实，快步运送着一袋袋沉沉的土豆和豆子、一卷卷布料、厨房用品、一箱箱盐、一袋袋马黛茶叶、茶、糖，货物属于商人，他们往往是第二代或第三代黎巴嫩人，一下船就会带着马队走遍无主的庄园和农舍，或是在安第斯山脉间、峡湾边，或是在无边无际的潘帕斯草原上。

我赶紧把酒喝完，外面的动静也传染到了我的身体里，我渴望离开这里。

这场旅行始于若干年前，究竟多少年并不重要。它始于巴塞罗那那个寒冷的二月天，始于和布鲁斯对坐着的苏黎世咖啡馆。两个美国老人陪伴我们，但只有我们能看见他们。我们共有四个人坐一桌，所以大家喝光了两瓶干邑酒也没什么可羞耻的。

也许我们永远无从知晓那两名劫匪是如何策划抢劫银行的，但我能讲述一个英国人和一个智利人的故事，他们如何在下午五点醉醺醺地策划出一场去世界尽头的旅行。

“我们什么时候出发，智利人？”

“等我一被批准即刻出发，英国人。”

“你和贵国当权的灵长类动物之间到现在还有问题？”

“我可没有，是他们给我制造问题。”

“我理解，没关系。这样我们的旅行准备会更充分。”

他们继续谈论其他的次要话题，比如去找传说中布屈·卡西迪和日舞小子被砍头的庄园，去拜访两位冒险家最后安息的墓穴，去重塑他们生前最后的日子，以及终于，四手联合写出几页冒险故事或者小说。

我收到那渴望多时的回到世界之南的许可时，布鲁斯·查特文早已开始了他的注定之旅。我想，当他去巴黎老喜剧院街的老文具店里一举买下所有现存的“鼹鼠皮”笔记本时，布鲁斯不经意间便在为他最后一次长途旅行做准备了。不知他现在何处？他究竟会在笔记本上写什么内容？

让我回到我的世界的许可，是我在汉堡时收到的惊喜。九年间我每星期一都去智利领事馆，想知道自己能否回国，九年间我得到了约五百次相同的回答：“不，不能回国的名单上有您的名字。”

然后，突然在某个一月的星期一，忧伤的工作人员打破惯例，也打破了我听到他断然否决的习惯：“随时可以，您随时可以回国。名单上没有您的名字了。”

我颤抖着走出领事馆，对着阿尔斯特河坐了好几个小时，然后我想起，和朋友们许下的承诺是神圣的，便决定过几大就动身去世界的尽头赴约。

终于叫到乘客了，我们启程了，布鲁斯你这个该死的英国人，偷渡旅行，躲在“鼹鼠皮”的纸页间。明天晚上我们将同处巴塔哥尼亚，追随启发了这场冒险的两个美国人，但无论是他们还是你认识的那些高乔人，都不会对我们的到来感到惊讶，因为巴塔哥尼亚人在笼罩着他们农场的稠密孤寂之中，笃信“当一个人接受死亡，死亡才会开始”。

“殖民者”号的捆绳已经松开，但舷梯还未收好。两名船员在和一位老人争执，老人的脸色像一张白色床单，他坚持要拖一口棺材上船。船员据理力争，说这会带来厄运，老人的回答则是他有权携带七十公斤的货物。水手威胁要把这大箱子从船舷上扔下去，老人大叫说自己得了癌症，有权要一个体面的葬礼，因为他是位绅士。最后船长出面，双方达成一致——棺材可以带上船，但他保证不在中途死掉。两边握手言和，随后，老人坐在了棺材上。这都是“鼹鼠皮”的养料。

船开动了，船头对着科尔科瓦多湾的方向。我一番核实，小卖部里到处是醇厚的“皮普诺”，还有足量的烟，这令我愉悦。我准备好将一切所见都珍藏进我的小本子，很快我们就将航行在南半球的夜色里，向世界的尽头进发。

我在南十字星光下举杯遥祝那该死的英国人身体健康，也许那一刻我听到的回响在风中的阵阵马嘶，是两个美国老人在那迷离海岸线上驰骋，就在那个凌驾区区生与死的分割线、无比广袤、满是冒险的地方。

第二章

“殖民者”号进入壮丽的艾森峡湾后降低了航速，它得四十五度转向方可进入巴塔哥尼亚。航行于是变得非常缓慢，几乎纹丝不动，一如船舱里的卡车司机，他们玩多米诺牌打发时间，或者喝很苦的马黛茶，或者对着车辆后视镜刮胡子。其他既不打牌也不过分打扮的，就检查卡车上的货物是否装好（那一个个麻袋里的大蒜、土豆、洋葱、蔬菜，以及别的在那个我们正去往的地方既长不了叶子也开不出花的一切东西），在卡车后面是否依然安全，像小动物一样安然沉睡在这条红白色鲸鱼的肚子里。

这个黎明没有风，难得一丝微风轻声提醒，我们已经离开了太平洋，深入大峡湾温柔的水域之中。海平面看似一片金属板，初升的太阳在上面反射出银色的光。

舵手和两名官员在舰桥里，专注地细看静止的水路。航海的人喜欢有浪的峡湾，他们能从水的动静中识别出奸诈的滩涂和藏在水面下的尖锐珊瑚礁。平静的海最糟，南半球的水手总爱这么说。我们向西南方向航行，如果幸运的话，将能在一个名叫特兰帕纳达的地方停靠。

“特兰帕纳达怎么去?”我问一位卡车司机。

“我什么都不知道，船长大概知道。”他边继续剃胡子边回答。

不对，这不是个巴塔哥尼亚人。

“特兰帕纳达怎么去?”我在喝马黛茶的人中找了一个继续问。

“你得有耐心，朋友。得很有耐心。”他回答道，然后用一种复杂的神情打量着我。

对了，这一定是个巴塔哥尼亚人。

特兰帕纳达。一五七〇年，智利总督加西亚·乌尔塔多·德·门多萨阁下，尽管悔恨但总结过，传闻在拉弗龙特拉①以南，尼埃洛尔山丘下的土地有巨大数量的黄金和白银矿床，那里的马普切人、佩文切人②、德卫尔切人③发起的抵抗战争持续了四个多世纪——他们是美洲第一批游击士兵，而这些不过是一场诡计设计下的谣言。

---

① 历史上智利总督对抗马普切人的最后一道防线。

② 历史上生活在安第斯山脉的印第安人，是马普切文化的一部分。

③ 历史上生活在巴塔哥尼亚地区的印第安人。

加西亚·乌尔塔多·德·门多萨阁下对贵金属的兴趣不大。他是个农民，而且和其他诸多西班牙征服者——诸如佩德罗·德·巴尔迪维亚①一样，他对于比奥比奥河②以北土壤的无限潜力十分满意，从那里能长出一切，只需要撒下种子，其余的工作交给肥沃的土壤即可。

就连葡萄都长得不错。一五六二年，交给印第安部落监护人赫罗尼莫·乌梅内塔的封地，距离新埃斯特雷马的圣地亚哥③以南二十里格④的土壤上产出了五十桶智利最早的葡萄酒，发酵汁厚重、浓烈、干涩、深沉，就像这里的夜。用来供奉不错，但最好是用来品尝。监护人的后代继续酿造，而到了我们的时代，迈坡谷乌梅内塔的出品位列这个星球上最优秀的葡萄酒。

那里的土壤什么都长，但西班牙人要的是金和银，加西亚阁下因此又一次背书了金银财宝谣传的可信度。

将士们这一轮的谣传说的是神秘的特拉拉兰达王国，也有可能叫特拉帕兰达或者特兰帕纳达，那里的城市用金锭铺路，门户开合用的铰链都是最高等级的银。有些人还断言那个特拉

① 佩德罗·德·巴尔迪维亚（1497—1553），西班牙征服者，第一任智利皇家总督，他最后遭到反抗运动俘虏并且被马普切人杀害。

② 智利第二长河，发源于安第斯山脉。

③ 智利首都圣地亚哥的旧称。

④ 1 里格在陆地上约合 4828 米，在海上约合 5557 米。

帕兰达、特拉拉兰达或者特兰帕纳达就是传说中失落的恺撒之城，南半球版本的“黄金国”[①]。谣传还令人确信，如此尊贵的王国疆域延绵到了智利年轻首都约一千两百公里之外，雷隆卡维峡湾以南。

于是，加西亚·乌尔塔多·德·门多萨阁下让先行者阿里亚斯·帕尔多·马尔多纳多带队远征，临别前下令让他为西班牙征服特拉拉兰达、特拉帕兰达、特兰帕纳达或者随便叫什么名字的王国。

尚无史学家能够论证阿里亚斯·帕尔多·马尔多纳多是否踏足雷隆卡维峡湾以南，但在塞维利亚的西印度档案馆里，人们能够读到先行者的一些文字记录。

> 特兰帕纳达的居民身材高大，凶悍而又愚蠢。他们的脚掌很大、很厚，所以走路的时候很慢、很笨拙，很容易被钩铳兵捕获。
>
> 特拉帕纳达人的耳朵大到睡觉时不用毯子和其他遮蔽物，因为他们用耳朵盖住身体。

---

① “黄金国”是一个美洲古老传说，部落族长会在自己的全身涂满金粉，并到山中的圣湖中洗净，而祭司和贵族会将珍贵的黄金和绿宝石投入湖中献神。印第安人与加勒比海盗关于“黄金国”的传说流传了好几个世纪，吸引无数探险家寻宝，可能的遗址位于哥伦比亚和秘鲁。

正是特拉帕纳达人身上的恶臭和传染病让他们无法互相忍受，所以他们不互相靠近，不交配，也没有后代。

又有谁会计较阿里亚斯·帕尔多·马尔多纳多是否到过特拉帕纳达，是否踏足过巴塔哥尼亚。他开辟了我们书写在美洲大陆上的奇幻文学的源头，以及我们不切实际的想象力，这已经奠定了他历史人物的地位。

他也许抵达了巴塔哥尼亚，而且被风景吸引，编造出那些奇形怪状的生物的故事，让其他探险家却步。如果那才是他的目的，那可以确信的是他如愿了，因为位于智利境内的巴塔哥尼亚地区，直至二十世纪初开始殖民化之前，都是一片处女地。

我们又向前航行了大约五英里，“殖民者”号再次降速。我和其他乘客从右舷栏杆探出身去看发生了什么事情。幸运的话，此刻还能看到某头鲸鱼的踪影，或者一群皮氏斑纹海豚。但这次和鲸豚类动物无关，而是有艘小船，愈接近愈清晰。

那是一艘奇洛埃快艇，约八米长、三米宽的小船，微风吹着仅有的一片帆，推着船移动。我看着它渐渐靠近，从世界之南召唤着我的东西，我知道那艘脆弱的小船也是其中之一。

奇洛埃人说：“胆子大的人有饭吃。”来者坐在快艇尾部，手里紧紧拿着船桨，我看过去就好像他的身躯顺着船尾一直延伸到了水中，他就是个“胆子大”到去教育树的奇洛埃人，橡树、落叶松、杨树、桉树、柚木树，他经年累月把不同质量的石头挂在树上指引它们的生长方向，直到树干的硬度和曲率符合他对于一根坚实又有弹性的船梁的要求。我看见他边单手向船长致谢，因为船长下令减速，这样“殖民者”号掀起的海浪就不会让他的快艇过于颠簸了。他此刻在大峡湾行船，而我知道他也会穿行在科尔科瓦多峡湾、可怕的佩纳斯湾、梅谢尔海峡、印第安海峡、麦哲伦海峡、公海上，不用雷达，不用无线电，不用航海工具，不用辅助引擎，用的不多不少，正好是他对于海和风的了解。

流浪在海上的这位是我的兄弟，他给我带来了巴塔哥尼亚的第一场欢迎仪式。

第三章

拉迪斯拉奥·艾斯纳奥拉和他的弟弟们——伊尼亚基和阿古斯丁，把农场的主要房舍造在了智利的卡雷拉将军湖北岸，而在阿根廷，湖的名字叫布宜诺斯艾利斯湖。他的六千亩土地上放养了大约一千头家牛和另外五千头牛羊，他们经营畜牧业，以及交易从智利北部海运来这里的其他的商品。他们用结实的“恰塔”——这是种装载量很大的货车，把东西运到湖里的两艘筏子上。

佩里托莫雷诺和其他巴塔哥尼亚的阿根廷城镇居民，见到艾斯纳奥拉家的筏子就松了口气，特别在持续数月的冬季，因为陆路无法通行，来自德塞阿多港和里瓦达维亚海军准将城等大西洋沿岸城市的供给便中断了。

拉迪斯拉奥用热情的拥抱欢迎我，我问起了他的父亲——传奇人物老艾斯纳奥拉。

“他还在做他那些事。老人家不会变，永远不会变，他已经八十二岁了。”话语间带着愉悦和忧虑。

“他那些事”指航海，老艾斯纳奥拉是另一个流浪在海上的人，却与别的奇洛埃人有所不同。他在海峡间穿行，寻找一艘幽灵船，可能就是被称为南半球版“飞翔的荷兰人”的“卡略切”号，或“卡卡弗戈”号，这艘英国海盗船注定要永恒地航行在海峡之间，无法开到公海，因为船员曾挑起叛变谋杀了两位船长而被诅咒。诅咒由来已经四百多年，老艾斯纳奥拉认为他们不幸的灵魂已经受了太久屈辱。于是，他驾驶一艘挂着宽恕的旗帜的快艇，在海峡间来回奔波。他想找到他们，指引他们，像神父一样，带他们去到广阔自由的大海。

“您吃点儿，别客气。”拉迪斯拉奥的妻子玛尔塔说着，递了个盘子给我，里面装着两只馅饼。

我向农场的女主人们问好。玛尔塔是兽医，伊莎贝尔（伊尼亚基的妻子）是教师，负责教育艾斯纳奥拉家族的下一代和农场里的其他孩子。芙洛尔（阿古斯丁的妻子）是巴塔哥尼亚的传奇人物。她在阿根廷里奥马约的医院里当护士。阿古斯丁一直深爱着她，却从不敢向她表白情感，他每年见她一面，对她的爱意随着每次见面在心里扎下了根，直到要撑破他的胸膛。有一天，他听说芙洛尔要和一个银行雇员结婚，阿古斯丁爬上他的“恰塔”，带上了吉他，还让哥哥嫂嫂们打扮一下房子，因为他要带着梦中情人回来。

举办婚礼的那个星期天，他抵达里奥马约，手拿吉他，在教堂旁守候他心爱的女人。芙洛尔穿着新娘礼服出现，身边是她的父母。新郎也将很快到场，阿古斯丁请她听他说话，但直到新郎来了才开口。他于是拨动琴弦，连续用好几首绝美的十行诗表达他的爱意，他对她至死不休的爱带来的痛苦。新郎到了以后想要打断这位歌颂者，但芙洛尔和那里的居民阻止了他。阿古斯丁唱了两个小时，唱完他准备砸掉吉他，这样就没有人玷污他那些洋溢着爱情的诗句了。这时芙洛尔拉起他的手，带着他奔向"恰塔"一同踏上回农场的道路。芙洛尔穿着新娘礼服来到了这里，自此，这地区最出色的民间歌手之一阿古斯丁就一直唤她作"我的白衣缪斯"。

"还有，巴尔多·阿拉亚先生呢？"我见这里少了我最亲爱的巴塔哥尼亚朋友之一，便焦虑地问道。

"快到了，他和电台的人一块儿来。其他人也都在了，过来认识一下吧。"拉迪斯拉奥请我过去。

"桑托斯·加姆博阿，里奥马约人。"

"为您服务，我的朋友。"那人边说，边伸出两根手指抬高到高乔人帽檐。

"里奥马约现在还放音乐听吗？"我问他。

高乔人挠了挠脖子，给出肯定的回答。

里奥马约是一座阿根廷巴塔哥尼亚小城，来自大西洋的大风，拽着路过潘帕斯时卷起的黄杨灌木、杂乱的尖叶须芒草和成吨成吨的尘土，经年累月地扫荡着这里。通常，里奥马约的漫天灰尘让人连街对面都看不见。

一九七七年，阿根廷军政府独裁期间，丘布特步枪兵团的一位上校想出个绝妙的点子——军事上绝对妙，为了防止可能发生在街头的密谋会面，就在公共场所的路灯柱上挂了一些音箱，从早上七点到晚上七点播放军队音乐“轰炸”城市（请原谅我把它叫做“音乐”）。阿根廷成为民主国家小团体的观察成员国后，新领导人为了防止和军队之间产生问题，不愿意摘掉那些音箱，里奥马约市民继续忍受每天十二小时高分贝轰炸的日子。自一九七七年起，鸟类避开这座城市上空飞行，大多数居民的听力都有问题。

“洛伦索·乌里奥拉，佩里托莫雷诺人；卡洛斯·艾恩斯，科伊艾克人；马尔科斯·桑特利塞斯，小智利的；伊锡多罗·克鲁斯，拉斯埃拉斯的。”拉迪斯拉奥逐个介绍道。

“有点晚了，我觉得我们该开始了。巴尔多和电台的人要错过第一部分了。”伊尼亚基说着递了个一头削开的瓜给我，果肉已经被刮干净了，里面是满当当的清爽白葡萄酒。

几个帮工带着第一头羊过来“片”，即对不用于繁殖的动物进行阉割，它们唯一的目标就是长胖并多贡献几斤肉。

第一头羊由马尔科斯·桑特利塞斯负责。两个助手把它弄倒在一块大板子上，掰开两条后腿，方便他试过自己纯银把手大尖刀的利刃后，给这受了惊吓的羊剃干净睾丸上的细密茸毛。等能看清粉红色的皮肤，桑特利塞斯便把刀尖插在桌子上，把头靠向羊的腿间。他一手轻柔地裹住羊的睾丸，另一只手则摸索着阴囊下的血管，找到后，他用力压住防止血液流过，然后用牙扯破阴囊。

在场的人谁都没注意到羊睾丸是何时落入桑特利塞斯口中的，但其后我们看到他向后退了几步，把睾丸吐在了脸盆里，与此同时助手们把空且无用的囊袋绑上防止出血。小智利高乔人的业务能力令所有人赞叹，被牙“片”过的羊一滴血都不会流。

大概有十几头羊被用牙阉割，我们吃着美味的烤睾丸的时候，开来了一辆吉普车，车身上的标语写着“冰川电台，巴塔哥尼亚之声”。

我见到第一个下车的是巴尔多·阿拉亚——顽固的科伊艾克中学教师、巴塔哥尼亚史学家，智利军政府独裁时期他曾拒绝唱诵反动派加在智利国歌里的段落。于是，当学生和教师每周一唱到“智利祖国主权的支柱便是为国奋斗的勇士，你们英名……”的时候，所有人都在唱，除了巴尔多·阿拉亚，只有他保持沉默。他被殴打，被囚禁了好几个月，罪名是对当局不敬，但这都没能让他自愿屈服。最后，他们决定把他从学校开除，但有天早晨，巴克达诺军团大门口，一条看门狗被割断了脖子，脑袋上还有张纸条：“蠢驴们，没发现我们已经包围了你们吗？你们在兵营里，我们在外面。放过阿拉亚老师。”

他们没有开除他，但不再付他工资了。巴尔多无所谓，继续讲他的世界历史课。接下去的十四年里，他的生计都来自团结一心的巴塔哥尼亚人民。他从不缺酒，也不缺会下棕色鸡蛋的母鸡，更不缺肉来做每周日的烤肉聚餐。

“我的生活便是享受来自人民的奖学金。”几年前巴尔多对我讲述他的故事时总结道。

吉普车上下来的另一位是豪尔赫·迪亚兹，他是冰川电台的主持人、导演、节目负责人、编辑、唱片播放以及技术人员。一九七二年，时为体育主持人、卡车司机、渔船船主、矿工以及探戈歌手的豪尔赫·迪亚兹，想到要整一个广播电台，要有别于当时通过电波抵达世界之南的其他广播电台。那应该是一个能够为众人服务的广播电台，尤其在没有公路、电话、邮政服务的与世隔绝的漫长冬季。他和一些朋友用积蓄购买了二手设备安装，获得调频许可后便开始用长波广播了。

长度为两小时的《此地，巴塔哥尼亚》迅速成了最受欢迎的节目。播报的都是实用信息：“科克伦湖的莫兰家请注意，埃瓦里斯托先生已经上路了。请准备好新马等他，因为他有很多行李，还带着朋友。”或者：“埃利扎尔德湖的布拉温家，邀请该地区所有居民，以及本节目的听众参加长子奥克塔维奥·布拉温和法乌梅琳达·布拉乌提加姆小姐的新婚派对，有‘摸三张’和‘抓子儿’[①]比赛、套马、烤羊肉、烤猪肉和烤牛肉，下午有来自里奥加耶戈斯的民间歌手桑托斯·德·拉·罗卡表演诗歌朗诵。请大家带好帐篷准备过夜，派对将持续一周……”

一九七六年起，独裁政府将政客放逐到巴塔哥尼亚。被发配的人和北方的家人要收寄信件都得先通过军方审查，这往往意味着销毁信件。于是，冰川电台开始用短波传送信息，被放逐的人不仅能够与其家人交流，还因此输出了一档政治分析节目。不出几个月，在近四千公里外与秘鲁接壤的阿里卡都能收听到冰川电台了。

军方的回应没有让人等待太久。一天晚上，“匿名势力”在两小时的宵禁时段内炸毁了发射塔。巴塔哥尼亚人民的回应也不甘落后——豪尔赫·迪亚兹收到了最长、最柔韧的桉树干，无论他需要搭多少次发射塔都够用。他继续广播，现在还继续，将来也继续。

拉迪斯拉奥·艾斯纳奥拉用尖刀拍打烤肉架，请在场的人安静。

“乡亲们，按照我们农场的传统，现在开始第十八届巴塔

① 用猪、羊距骨玩的一种游戏。

哥尼亚说谎大赛。大家在这里讲出来的所有谎话都将通过冰川电台播放，豪尔赫·迪亚兹将进行录音，所以别被麦克风吓到。同往届一样，获胜者的奖品是一头荷尔斯泰因[1]小牛。”

这世上还有第二个这样的比赛吗？比赛说谎？

来自丘布特省拉斯埃拉斯的伊锡多罗·克鲁斯喝了一大口葡萄酒，随后开始。

“我要讲的事情过去挺久了，那一年的冬天极其糟糕，大家一定都记得。我当时又穷又消瘦，瘦得连影子都没了，瘦得连斗篷都不能穿，因为我一把头套进去，它就直接滑到了脚底。有天早上，我对自己说：‘伊锡多罗，这样下去可不行，你得去智利。’我的马和我一样消瘦得很，在我骑上去之前我问它：‘遍体鳞伤的马儿啊，你觉得你能载我吗？’它回答道：‘可以，但不能带着马鞍。你就跨腿，坐到我的肋骨上。’我听从马的意见，然后出发，我们准备一起翻过安第斯山脉。快到智利国境线的时候，我听到从某个很近的地方发出的轻声，很轻地在说：‘我不行了，我要留在这里了。’我吓得四处看，想找到是谁发出的声音，但一个人都没看到。于是我就自言自语：‘我看不到你，你快出来。’那轻声又响起了：‘你左手胳肢窝，我在你左手胳肢窝下面。’我伸手进去，在胳肢窝的皮肤褶子里摸到了个

① 原产于荷兰，是主要的奶牛品种之一，身上分布着黑白斑状花纹。

东西，拿出来发现，手指上挂了个虱子，一只和我的马、和我自己一样消瘦的虱子。可怜的虱子，我心想，然后我问它在我身上住了多久了。‘许多、许多年了。不过现在我们应该分开了，虽然我的重量不到一克，但对你和马来讲也是没用的负担。把我放在地上吧，我的伙伴。’我觉得虱子说得在理，就把它藏在了一块石头下面，但愿山谷里的鸟不会把它吃了。‘如果我在智利过得顺利，回家的时候我会来找你，你想怎么咬我都行。’告别的时候我对它说了这句话。

“我们在智利过得挺好，我长了肉，马胖了，回家的时候口袋里有钱，还有新的马鞍和马刺。我去藏虱子的地方找它，找到了，它更消瘦了，看起来是透明的，而且几乎不动弹了。‘我来了，虱子朋友。来咬吧，你想怎么咬我都行。’我说着把它放进了左手胳肢窝里。虱子咬了起来，一开始慢慢地，然后开始用力，想要吸血。突然虱子笑了起来，我也笑了，我的笑声又传染给了马。我们边笑边翻过了山脉，陶醉在快乐里，从那以后这条山路就叫‘愉悦之路’。这一切都过去挺久了，我和你们讲过的，就在冬天极其糟糕的那一年……”

伊锡多罗·克鲁斯神情严肃地说完了谎，高乔人赞扬其中的情节，并且进行评估，认定这是个出色的谎言，大家鼓掌，喝酒，发誓不会将它忘却，然后轮到来自科伊艾克的金发高乔人卡洛斯·艾恩斯。

夜幕降临后，高乔人围着篝火继续说着他们的谎。帮工烤了两只猪，农场里的女人通知大家可以移步餐桌。我和巴尔多·阿拉亚则决定散会儿步去黑莓田里。

到了那里，我酣畅地尿着，同时抬头望着挂满星星的天空，那里有千万颗星星。

“那个虱子的谎言可真美。”巴尔多评论道。

“那这片天空呢？这所有的星星呢，巴尔多？这是巴塔哥尼亚的又一个谎言吗？”

“无所谓的，这片土地上的人为了变得快乐而说谎，但我们谁都不会把谎言和欺骗搞混。”

第四章

罗斯安提古斯是布宜诺斯艾利斯湖南岸的边陲小城，位于阿根廷巴塔哥尼亚。环绕湖水的平缓山坡曾见证过的伟大精神令人痛心，在今天只是回忆罢了。那是千万个倒下的巨大身影，是三万公顷森林被大火煅烧的残迹——因为要给牧场主让出土地放牧。这里还有直径超过成人身高的树干残骸。

森林工程师帕布洛·卡索尔拉在罗斯安提古斯生活与工作，他的目标是完成一份目前尚存的森林资源土地登记册。他梦想这里的森林能成为联合国教科文组织的保护地，类似于绿色人类遗产，让此后的一代代人能幻想出它在那令人生疑的发展进步到来前的模样。我见他下了马，检查一根树干。

“这棵树当时有八百至一千岁了，高度应该达到了七十米。”他说话的时候没有隐藏声音中的沉痛。

“你了解它被烧的时间吗？”

“大概三十年前吧，差不多。”

三十年，这毁灭是最近发生的。三十年对比那些倒下的巨大身影的年纪，不过是一息的光景，所以我们周围还有大火留下的瘢疤。

“我们还要很久才到？”我向他询问。

“我们到了，木屋就在那里。”他边回答，边指着不远处的一幢房子。

快到的时候，我看见用来建造房子的坚实树干。没有门，窗框仿佛空洞，我们没有下马就走进了其中一个大房间，一边有个石头壁炉。几头牛在倒嚼，一边无精打采地看着我们，仿佛惯用冷漠作为惩罚，对付勇闯它们社交俱乐部的外乡人。出于对牛的尊重，我们下了马。

“这是一九一三年建的，那些家伙的木匠活不错，你仔细看房梁做得多好啊。”帕布洛·卡索尔拉示意。

确实，支撑房顶的房梁已经发黑，依然可辨的精细手工，出自为弧口凿和长刨、为精准装接艺术而生的双手。

木屋的建造者是佩德罗先生和何塞先生，不过如今“布屈·卡西迪”和“日舞小子”才是他们众所周知的绰号。他们在世界之南建了几栋木屋，最出名的位于乔鲁拉郊外，在千年森林里，那个地区现在名叫“卢斯阿莱尔塞斯国家公园”，目前的所有者是个智利女人——埃尔梅琳达·塞普尔维达。布鲁斯·查特文在那里短期旅行间，她为他提供过住处，还试图让他娶她的某个女儿，但那姑娘选定了追求她的卡车司机。

“他们在这儿住了两年出头，然后搬去了更南边，布尔内斯堡附近，在麦哲伦海峡那里。他们在那里策划了最后的大劫案，去抢蓬塔阿雷纳斯的伦敦-塔拉帕卡银行。我真希望他们还活着。”帕布洛·卡索尔拉叹了口气。

“还活着？那该有一百多岁了。”

“那又如何？正所谓本性难移，如果那两人还活着，我会陪他们一起抢上几次，然后花钱买下半个巴塔哥尼亚。他们要是死了就太遗憾了。”帕布洛·卡索尔拉又叹了口气，然后，伴着那些眼神无精打采的牛，我们喝了几杯葡萄酒祝那两个强盗身体健康——他们最后死在智利警察手里，再之前，他们在世界之南抢银行，还出钱资助了华丽而难以实现的无政府主义革命。

第五章

三月中旬，白昼变短，狂风从大西洋呼啸进入麦哲伦海峡。对于波韦尼尔的居民而言，该去检查一下柴火的储备了，这也意味着他们可以忧郁地观察大鸨穿越火地岛飞向巴塔哥尼亚。

我想继续旅行前往乌斯怀亚，却被告知近期的雨让好几段路都断了，要到春天才能修复。没关系，在这个地方有固定计划才叫荒谬，而且南极酒吧相当不错，这家水手酒吧里有绝佳的炖羊肉，那是洋葱芯装点的麦哲伦羊肉，洋葱芯里藏着香气四溢的丁香。

我们十几个顾客焦急地等着老板娘通知开饭时间，大家边喝葡萄酒边被厨房里飘出的香味折磨。如此等待颇具宗教仪式规模，让人垂涎欲滴。

吧台一头有三个男人在聊天，他们说着非常英式的英语，把一杯杯杜松子酒灌进身体。这种饮品在火地岛不是特别受待见，且常被用作须后水的替代品。其中一人用西班牙语询问是否还要过很久才能吃饭。

“没人知道，每头羊羔都不一样，人也是。”老板娘回答道。索尼娅·马林科比奇女士身高一米八，体重约九十公斤，一袭黑裙里均匀分布着她地道的斯拉夫民族性。

“我们时间不够了。”英国人执意地说。

“这儿最不缺的就是时间。”某位顾客指出。

“因为我们要趁着天亮起锚，您明白吗？”

“我明白，去什么方向？我这么问是因为今天下午要刮大风了，驴子都能被吹倒。”

“我们要去劳尔湾。”

“您想说的应该是乱伦湾。”顾客纠正了他。

那个男人伸手拍了一下吧台，抽出几张纸币作酒钱，然后和他的同伴们说着英语骂骂咧咧地离开了。

我走近那个与暴躁英国人交谈的客人。

“他看起来生气了，那个乱伦湾是怎么回事？”

“是段历史，但英国人没有幽默感。让他们见鬼去吧，他们错过了炖肉。您不知道那段历史吗？”

我的回答是不知道，客人看了一眼索尼娅女士。那女人在炒锅边，用一个许可的眼神作为回应。

“事情大致上是这么开始的——一九三五年，一艘英国汽船在比格尔海峡失事，只有一名貌似新教的传教士和他的妹妹幸存了下来。那两个乘客原本可以朝东走，一个礼拜就能到达乌斯怀亚，但是因为他们没有方向感，就朝北走了。他们走了八十公里左右，穿过了丛林，渡过了河，上坡下坡，最后，四个月后出现在了阿尔米兰塔斯戈峡湾南岸边，以前叫做劳尔湾的地方。一群德卫尔切人发现了他们，陪他们一直来到波韦尼尔。以上就是那段历史。”

“那为什么现在叫乱伦湾？”

“因为那女人来的时候怀孕了，怀着他哥哥的孩子。”

“上桌了，我要上菜了。”索尼娅女士通知大家，我们则全身心地投入享用英国人因为缺乏幽默感而错失的炖羊肉。

第六章

在火地岛的石油小镇马纳提阿勒斯以北，有个叫安格斯图拉的渔港，那里有十二或者十五幢房子，因为那里恰好正对着麦哲伦海峡的第一个窄道[①]。那些房子只有在南半球短暂的夏季才有人居住，其后稍纵即逝的秋天和漫长的冬天，都是风景中的参照物而已。

安格斯图拉没有墓地，但有一个被漆成白色的小坟面朝大海。里面长眠着潘奇托·巴里亚——一名十一岁时死去的小男孩。到处有人生、有人死，就像探戈里唱的“死亡乃习俗”，但潘奇托是个不幸的特例，因为那孩子死于心碎。

潘奇托还没到三岁的时候，得了脊髓灰质炎变成残疾人。他的父母是巴塔哥尼亚的圣格雷戈里奥的渔民，每年夏天都从海峡另一边带他来安格斯图拉安顿。孩子跟随他们，坐在几个

① 安格斯图拉在西班牙语中意为“狭道”。

麻袋上，就像一个凸起的松软小包袱，望着大海。

潘奇托·巴里亚五岁了，是个忧郁孤僻的孩子，几乎不会说话。但有一天，世界之南习以为常的奇迹又上演了——一群二十来头的皮氏斑纹海豚从大西洋迁徙到了安格斯图拉。

把潘奇托的故事讲给我听的当地人信誓旦旦，说那小男孩一看见海豚，就发出了撕心裂肺的叫声，海豚渐行渐远，尖叫声越来越响，越来越让人难过。最后，海豚消失了，小男孩从喉咙里发出一声尖叫，音调非常高，惊到了渔民，也吓到了鸬鹚，不过，也让其中一头海豚游了回来。

海豚靠近岸边，开始在水里跳跃，潘奇托高声尖叫给它鼓劲。所有人都明白那孩子和鲸目动物之间建立起了无需任何解释的沟通纽带。之所以如此，是因为生命如此。

那年夏天，海豚一直停留在安格斯图拉。冬季迫近让人必须离开的时候，潘奇托的父母和其他人惊讶地发现，那孩子没有表现出一丝一毫的遗憾之情。五岁的他空前严肃地宣布他的海豚朋友必须离开了，否则它就会被冰困住，但是来年它会回来的。

然后海豚回来了。

潘奇托变了，成了个多话的快乐男孩，他甚至开起了自己身体残疾的玩笑。他彻底变了，他和海豚的嬉戏重复了六年。潘奇托学会了书写，以及画下他的海豚朋友。他像其他孩子一样，协助修补渔网、准备鱼钩、把海贝晒干，他的海豚朋友总是在水里跳跃，完成只属于他的奇迹。

一九九〇年夏天的某个早晨，海豚没来赴约。渔民惊恐地找寻它，从海峡的一头搜到另一头。他们没找到，却撞见了一艘俄罗斯商船，那个海洋杀手正航行在离海峡第二个窄道很近的地方。

两个月后，潘奇托·巴里亚死于心碎。他消亡，没有流泪，没有抱怨。

我去造访了他的坟墓，在那里望向海，初冬灰色激荡的海，不久之前还有海豚欢跃的海。

第七章

我面前的家伙把用葫芦杯装的马黛茶递给我，随即清理了炉灶里的炭火。他名叫卡洛斯，也是我最好、最老的朋友。他当然也有个姓氏，但他的要求是，如果我要把他在那个雨天说的事情写下来，则不能提到他的全名。

“卡洛斯就行了。”他一边如此坚持，一边切下薄薄几片马肉干，这种风干的肉和马黛茶是绝配。

“我同意，卡洛斯就行了。”我回答道，耳边响起的雨声越来越大，打在我们栖身的大棚顶上。

卡洛斯·就·行了从很小的时候开始，就只对一件事物感兴趣——飞。他看有关飞行员的漫画故事，他的偶像是马尔罗①、圣埃克苏佩里、冯·里希特霍芬②——红男爵。他去电影

① 安德烈·马尔罗（1901—1976），法国作家，曾任戴高乐时代法国文化部长，参加过西班牙内战与第二次世界大战，虽然不会驾驶飞机，却是优秀的空军指挥，亦是游历丰富的探险家。

② 冯·里希特霍芬（1892—1918），德国飞行员，被称为王牌中的王牌，外号“红男爵”，是战斗机联队指挥官，在第一次世界大战击落最多敌机。

院只看有关飞行员的电影，他还收集飞行模型，十五岁的时候，他对飞机的每一块零件都十分了解。

十七岁的时候，某日午后，在瓦尔帕莱索，他向家人袒露心迹。

“我要当飞行员，我报名了飞行学校。”

“你是说要当兵，蠢驴。飞行学校属于空军，低能儿你知道吗？”他得到的答复友好极了。

“不会的，我有个办法能躲开。”

“真的吗？能告诉我们你想趟什么浑水吗？”

“很简单——我一学会驾驶飞机就逃走。”

他学习了操纵小型飞行器和直升机，但不必逃走。后来，一九七三年，独裁政府掌权，卡洛斯·就·行了因其社会主义意识形态而被空军开除。

智利人表达自己过得很好的时候就说“我比长了跳蚤的狗还开心”，卡洛斯·就·行了说的是“我比长了跳蚤的神鹰还开心”。

那么，失业的飞行员去哪儿发财？就去世界之南。卡洛斯·就·行了上路前往巴塔哥尼亚，他知道有些飞行员在那个被中央官僚遗忘的地方做邮差。抵达艾森后没过几周，他就认识了那一带的传奇飞行员——埃斯克利亚机长，他和他的道格拉斯 DC-3 为巴塔哥尼亚和火地岛的农场供给。

他的第一份工作是“打嗝鹦鹉”的机械维修，这架飞行器只有埃斯克利亚可以驾驶，直到发生了某件事，飞机落入了卡洛斯·就·行了手中。

“埃斯克利亚，飞行员就该是他那样的。”卡洛斯·就·行了感叹着，又给我泡了一杯马黛茶。

一九七五年五月，埃斯克利亚在佩纳斯湾口特雷斯蒙特斯半岛的小海滩上迫降。他的“打嗝鹦鹉”号 DC-3 上，装载了能产出上好羊毛的绵羊，他从蒙特港起飞后一切正常，后来其中一台发动机坏了，飞机开始下落。一名机组人员建议丢掉货物，也就是说，把绵羊扔进海里，以便减轻飞机负重，保持飞行高度，尝试飞至陆地上的某条降落跑道。埃斯克利亚拒绝了，下令谁都不准碰货物，他要找海滩。

触地过程说不上优雅，左起落架没了，最终停下后，飞机头浸在海水里。不过，绵羊全都安然无恙，而且走运的是无线电也一样。卡洛斯·就·行了收到 SOS 信号后，开船去救绵羊，还要看看飞机该怎么办。

绵羊上船后，他们检查飞机。处理发动机破损很容易，他们认为除了坏掉的起落架，“打嗝鹦鹉”没有其他大碍。飞机能修好，如何从那儿把飞机弄出去却是个大问题。

“好了，‘打嗝鹦鹉’就这么完了。”船上有人说。

“闭嘴，傻瓜。我们把它救出来好吗？亲爱的卡洛斯。”埃斯克利亚问他。

“当然要救出来。”卡洛斯·就·行了回答。

给“打嗝鹦鹉”下寿终诊断的家伙是个做皮料生意的，他热爱赌博盛名在外，对这局面自然无力抵抗。

“埃斯克利亚，我出五千比索赌你弄不出来。”他发起了挑战。

“一万比索，我弄得出来。”飞行员反驳他。

“两万，你弄不出来。”商人继续。

“五万，我弄得出来，而且飞出来！”埃斯克利亚大叫。

“成交，五万。来把你的五个指头伸出来。”

双方握手赌博开始。五万新比索对卡洛斯·就·行了来说是笔大钱。埃斯克利亚请他上飞机。

“亲爱的卡洛斯，这局有五万块。我们把飞机弄出去，然后对半分，你有什么主意吗？”

“是的，但我想先了解一下天气情况。”

他们用无线电请求气象报告——此后七十二小时内风量适中。

“告诉船老板，把绵羊送到查卡布科港后马上租两对牛，去游艇港口买或者抢两艘帆船来。他得在四十八小时内带着所有东西回来。”

船开走了。埃斯克利亚、机组人员和卡洛斯·就·行了开始工作。

他们首先砍下几根有弹性的空心树干，用于支撑飞机。然后用别的树干在飞机的肚子下面架出某种小路。最后拆下整个起落架，着手为飞行器减轻多余的重量，“打嗝鹦鹉”内部只剩下了仪器和飞行员座椅。

船带着他们要的一切准时回来了，还有下注的商人，他不停重申，他准备用赢下的五万比索去伊艾克最好妓院里待上一星期。那三个要让“打嗝鹦鹉”飞起来的倔强男人任由他吹嘘。

牛把飞机头从水里扯了出来，这活很重，虽然 DC-3 比木车重，不过这群健壮的动物把它拉到了用树干划出来的小路水平正上方。他们立即拆下帆船的船身，装到飞机起落架的位置上。最后，他们在机尾固定起落架上绑了个救生筏，把“打嗝鹦鹉”变成了一架水上飞机。

坐船来的人负责用树干搭出另外两条轨道，两艘帆船船身各占一条。埃斯克利亚和卡洛斯·就·行了爬上飞机，发动引擎，DC-3 的螺旋桨转得好极了。

“现在只差最简单的一件事了——起飞。”埃斯克利亚说。

“前方三百米水流稳定，然后是珊瑚礁界线。”卡洛斯·就·行了评论道。

“下降会是个问题，我从来没有开过水上飞机。”埃斯克利亚坦白。

“峡湾里，至少接下来二十小时内，都风平浪静。现在，如果您对我有信心的话，就让我来开这破烂玩意儿。我在飞行学校里开过格鲁曼、卡特琳娜，那些小东西都没有 DC-3 这么重，但我相信我能成功。”

“都交给你了，亲爱的卡洛斯！我们还得再放掉一点燃料来为它减重，你就带上必需品飞。我会在船上告诉你什么时候把飞机升上去。”

“那么请您把座位让出来吧，现在由我指挥。”

“那五万块是你的了，亲爱的卡洛斯。”

高贵的牛把“打嗝鹦鹉”推进了水里。帆船船身支撑飞机的重量，救生筏让后部保持在水面之上。卡洛斯·就·行了等船接近珊瑚礁界线，然后加大发动机马力让飞机动起来。看着计速器上的指针转动真令人痛快，当看到埃斯克利亚对他竖起两根大拇指时，他拉起了操纵杆，“打嗝鹦鹉”迅速上升到了理想高度。

飞行很顺利，平静，但也有动静，因为飞机太轻了，在微风中像一张纸片似的颤动。他一路顺利向北飞行九十英里，飞过泰陶半岛和圣拉斐尔的冰雪层，一直到了艾森峡湾口。在那里他转向东飞，顺着发光的海水飞进大陆内部。离查卡布科港的海湾还差八英里的时候，燃料指针停在了零的位置，但他安然无恙，而且在太平洋的轻风庇护之下，顺利完成滑翔。乡民聚在码头，一片欢腾，他停泊在水上，仿佛一只天鹅。

皮料商人支付了赌资，卡洛斯·就·行了拿到了五万比索，决定自立门户。不久后他结识了另一位飞行员佩特·曼海姆，他也在找寻自由的天空，于是他们开创了首个果蔬市场——“企业花”。

一开始他们有架派珀轻型飞机，以及一架在朝鲜战争中幸存的西科斯基直升机。轻型飞机在蒙特港装上洋葱、生菜、番茄、苹果、橙子和其他一些蔬菜，带去他们大本营所在的艾森港，直升机再从那里把果蔬供给巴塔哥尼亚的农户和农场。

“企业花”持续运营至某个天气糟糕的日子，佩特和直升机被一场意料之外的风暴吞噬而消失了。无论是佩特还是飞行器的遗骸，再也没人能找到。他们长眠在巴塔哥尼亚随意的某处，某片冰雪、森林或者湖泊之中，那吸引着探险者也时而将他们吞没的某处。

失去了合伙人和直升机后，卡洛斯·就·行了改行在巴塔哥尼亚和火地岛之间从事邮政服务。世界之南发生的事情自有道理，有一天，驾驶飞机的他就遇上了南半球的第一场空中葬礼。

某个六月的早晨，正值寒冬，卡洛斯·就·行了在乌斯怀亚附近的一个庄园庭院里，回北边之前，他检查派珀轻型飞机，同时等待庄园里的高乔人烤完羊肉。突然出现一辆路虎，车上下来四个陌生人。

“这架派珀的飞行员是谁？”其中一人问道。

“是我，有什么事？”

“您得为我们服务一次，付多少钱随便您开口。”那男人说道。

“随便您开口，钱不是问题。”另一个人示意。

“别着急，是什么事？”

“圣贝尼托农场的主人，尼卡诺尔·埃斯特拉达先生死了。我是总管。”说话的人声音像歌唱家。

“深切哀悼，我和这件事有什么关系？”

“您需要把他带到里瓦达维亚海军准将城，整个家族都在那儿等着准备守灵。尼卡诺尔·埃斯特拉达先生必须葬在家族墓地里。”

那群人对自己所说的东西一无所知，圣贝尼托农场在里奥格兰德，而里瓦达维亚海军准将城在大约八百公里开外的地方，这还是直线距离。

“很遗憾，我的飞机没有足够的续航里程，我的燃料正好只够飞到蓬塔阿雷纳斯。”卡洛斯·就·行了表示抱歉。

“您会载他去的，您没听清楚事关谁吗？”总管强迫他。

“不，我不准备载他。说点我们都听得懂的：什么时候飞，飞去哪儿，还有谁会做我的乘客，都是由我决定。”

“您不明白，如果您拒绝搭载尼卡诺尔·埃斯特拉达先生，您在巴塔哥尼亚就飞不了了，火地岛也不行，这个世界上任何一个地方都他妈的不行。”

总管还在说话的时候，同行的人已经亮出了斗篷下的截短猎枪。

有时候还是破例为妙，卡洛斯·就·行了载着一大堆副驾驶员飞向圣贝尼托农场的路上，心里这么想。

尼卡诺尔·埃斯特拉达先生浑身发蓝，僵硬地在农场冰窖里搭出来的火红色祭坛里等待他驾机到来。几百只被剥了皮的羔羊陪着它们的主人，还有几个高乔人和帮佣在喝马黛茶，他们抽着烟，一脸害怕地看着尸体。

“真高大。”他一见到就说。

“埃斯特拉达家族的人都这样，一米九十八。”总管说道。

“放不下，类似的包裹派珀也放不下。”卡洛斯·就·行了争论道。

“请尊重尼卡诺尔·埃斯特拉达先生，放得下。”总管坚持。

“都听好了：我理解大家必须竭尽所能地把尸体送去里瓦达维亚海军准将城，但各位得理解这是办不到的。派珀是架四座飞机，机舱，从仪表盘到后角，长度一米七。放对角线也放不下。”

“我们的想法是，您让他靠着，或者坐着。这样，就放得下。”

“也不行，后排座位宽九十厘米，靠着放不下，如果要坐着的话，他死了多久？”

“四天了，为什么问这个？”

“四天！他已经比树干还硬了，这是因为僵了，因为有种东西叫尸僵。必须把他的脊柱弄断，我相信他的家人对此也不会乐意。”

“糟了，那确实。”总管表示认同。

那死人不仅高大，还很强壮，不算衣服也应该重达一百二十公斤左右，加上他身上铺张的琳琅华服、银马刺、长筒靴子、奇利帕裤[①]、银腰带和银鞋底、尖刀和斗篷，应该超过一百五十公斤。

“喂，您能拆掉一部分机顶吗？”总管问道。

“能全部拆掉，不过那样我就冻死了。”

“就一部分，让身体进去就够了。您可以低空飞行。”

“您疯了，您准备让他站着，让我带过去？”

“不管用什么方法，你得载着他，婊子养的！”总管大叫着，用一把点三八口径的猎枪抵着他的鼻子。

他载上了他。拆掉副驾驶座的小门后，他们把死人绑在一

① 阿根廷等国农民用一块长方形的布裹住大腿后再从腿中绕到前面腰部用皮带系好，穿在衬裤外。

块板上，装进了派珀。他们先把脚塞进飞机，紧紧固定在后排座位底部，死人腰部靠着副驾驶座后背，躯干、肩膀和头部露在外面。由于他们把他脸向上放置，好像他在看右侧机翼。最后他们往头上套了个塑料袋作为集体合作的收尾，上面写着“优质肉类，尽在圣贝尼托”。

起飞前，卡洛斯·就·行了觉得这笔空中葬礼的生意不算糟糕，总管给了他一张五万智利比索的支票，还有一半金额在里瓦达维亚海军准将城等着他。

他看了看燃料指针：满。农场里的用人搞到了旅途第一程所需的燃料，可以抵达里奥加耶戈斯。三百五十公里低空飞行，他裹得像个因纽特人，乘客则半个身体露在外面。

他下午两点起飞，所幸天气看来不错，尽管大西洋过来的强风像在调鸡尾酒一样摇晃着派珀。四十五分钟后，他看到了圣埃斯皮里图角，随后穿过麦哲伦海峡。他放声高歌，唱遍了探戈、昆比亚、博莱罗曲目，再唱国歌，再唱几近忘却的那些校园歌曲。他必须放声高歌才能保持身体的温度。

下午五点，天已经黑了，快分辨不清大西洋海岸线上的泡沫。申请降落里奥加耶戈斯的时候，对方问他是否运载了需要申报的货物。

“我没有运载货物，我运了一个死人。完毕。”

“您携带声明死亡原因的医疗证明了吗？完毕。”

“没有，没有人对我提过这个。完毕。”

“那么，请您回去拿证明。完毕。”

“死人的名字叫尼卡诺尔·埃斯特拉达。完毕。”

尼卡诺尔先生的权势之大，直到死后依然极具分量。跑道上有牧师等候，看到乘客飞行条件之艰巨，他差点心梗。

“应该把他放下来。看在上帝的分上！应该把他放下来，然后立刻带去大教堂。”牧师哀求道。

“您休想，他就待在这儿了。露天待着。”卡洛斯·就·行了表示。

“您是哪儿来的禽兽，这可是尼卡诺尔·埃斯特拉达先生！”牧师咆哮。

“您要是把他带去教堂，就是给他解冻，然后他会开始腐烂。我认为他的家人想收到的是未受腐蚀的尼卡诺尔先生。”

被牧师逐出教会后，卡洛斯·就·行了说服了他去做交涉——弥撒，确认——但得就地，死人得在飞机里。于是他们为尼卡诺尔·埃斯特拉达先生办了场宗教仪式，就在跑道上，零下十八度。

那个晚上，卡洛斯·就·行了睡得很香，他在跑道附近的一家旅馆里裹了三床铺盖。第二天，早晨七点，他往肚子里灌了一升咖啡，把这热气腾腾的苦水另外装满两个保温瓶，然后跟随着第一缕阳光起飞，就此开始第二阶段前往里奥奇科的行程，他将飞越大西洋和格兰德海湾，直到能看见圣弗朗西斯科德保拉角的灯塔，从那里进入大陆。大约两百公里的飞行途中平静安稳，因为必须取暖的念头竟唤起了记忆深处的穆斯塔基①，让他在一首首博莱罗舞曲间高歌。

上午十点，他在里奥奇科休息过后，开始“葬礼巡回”的第三程，目的地是再两百公里外的拉斯马尔提内塔村，那里距离海岸相当遥远。他依照通向里瓦达维亚海军准将城的公路飞行，下方涌现出潘帕斯草原、羊群、大美洲鸵——从远处看去像是屁股露在外面、怪里怪气的鸡。大美洲鸵被派珀发出的声响吓得四处逃散。

下午两点，卡洛斯·就·行了与尼卡诺尔·埃斯特拉达先生开始最后一程旅行。两百公里后就到达里瓦达维亚海军准将城了。天空中没有一朵云，死人头上结了冰的罩子折射着阳光，卡洛斯·就·行了继续唱着，他嗓子哑了一半，立誓一回智利就去上歌唱课。

向里瓦达维亚海军准将城申请降落跑道的时候，他被问及为何如此低空飞行。阿根廷空军的雷达差点儿没探测到他。

“因为我运了一个死人，一个尊贵的死人。完毕。”

“您他妈的是谁？完毕。”

---

① 穆斯塔基（1934—2013），法国传奇创作歌手。

“南方空中葬礼公司。完毕。”可怜的卡洛斯·就·行了用他仅存的嗓子回答道。

当地的家族成员和官员在跑道上迎接，他们有昏过去的，有辱骂的，有威胁的，在他的一番解释后，全都变成了空洞的道歉话。卡洛斯·就·行了还在等第二张支票，也不得不投身这群人哀痛的队列中。

他在墓地得到了一份惊喜，隆重的弥撒结束后，队伍走向家族墓地，那就像是个白色大理石做的小宫殿。他们用起重机把死人从棺材里弄出来，然后架着他的胳肢窝抬起身体，用一顶高乔人的帽子遮住头部，最后把他放进一个大坑里。卡洛斯·就·行了走到边上，看见下面已经有一匹涂过防腐药物的马了，尼卡诺尔·埃斯特拉达先生是骑着他的马下葬的。

“然后呢，发生了什么？”我问他，此时暴雨加剧了。

“我收钱，和他的亲戚告别，然后回来了。你把火拨旺，我去找块肉来烤。”卡洛斯·就·行了说着，懒洋洋地走开了。

他是我最好、最老的朋友，很多次，我在离世界之南很远的地方思念他，想到他可能遭遇某种不测就浑身颤抖。此刻派珀机身上的凹凸痕迹也令我颤抖。

卡洛斯·就·行了带了一块羊肋排回来。

“你准备做什么，亲爱的卡洛斯？”

“烤肉。”

“不是，我说的是以后，明天吧，天晓得。”

“飞啊，等天气好转，我马上就带你去大象湾上空转一圈。你是来看鲸鱼的，那你就会看到鲸鱼。”卡洛斯·就·行了边说边往肉上撒迷迭香的针叶，他用婴儿般的眼神在旁观察，一会儿看火，一会儿看我，一会儿看飞机，仿佛那是又一名同伴，在雨水飘落的巴塔哥尼亚，仿佛它也躲在大棚里享受些许暖意。

第八章

冬季来临，我在纳塔莱斯港措手不及。四十八小时前，我还在蒙特海军上将湾前的海滩散步，欣赏四月天辉煌的日落。但是昨天开始下起了大雪，温度骤降六度，到了零下四度。电台通知机场关闭，因此要离开这里也变得尤其困难。

纳塔莱斯港位于蒙特海军上将湾东岸，向西有多条海峡交织，约两百五十公里后汇入纳尔逊海峡与太平洋。只有奇洛埃的水手会在那些埋伏着冰冷死亡的狭窄水道里冒险，潮水从冰雪层连根拔起的巨大冰块，往往阻断航道好几个月。

冬季走海路离开纳塔莱斯港是不可能的，应该从陆路穿过国境线，向阿根廷的埃尔图维奥村进发。

那里有世界最南的铁路线，真正的巴塔哥尼亚快车，然后，行进两百四十公里后连通埃尔祖尔多、贝拉维斯塔等城市，抵达大西洋沿岸的里奥加耶戈斯。

列车有两节客车车厢，其他的则是货运车厢，由一个三十年代初产自日本的老旧蒸汽机车牵引。每节客车都安置了两条长长的木凳，贯穿头尾。车厢一端有个火炉，乘客得去加柴火，火炉上面是卢汉圣母的石版画像。

与我同行的乘客不多。有几个农场工人一坐到凳子上就开始打呼，有位新教牧师埋头在书页间温习福音书，他拱起身快把自己折了，我非常想给他我的眼镜。

“柴火在这里，您注意别让炉火熄灭了。”检票员给出了建议。

“谢谢您。我没有车票，我想在埃尔图维奥买的，但那儿没有。”

“别担心，您可以在下一站哈拉米略买。”

雪盖罩住了牧草，棕色与绿色星罗棋布的潘帕斯，此刻有了光谱般的色调。于是，巴塔哥尼亚快车前行着，一片白茫茫的单调景致让牧师昏昏欲睡，《圣经》从他手里掉下，合上，像一块黑色方砖。

巴塔哥尼亚快车是属于牧羊人的火车。每年冬季末，几百号奇洛埃人来到纳塔莱斯港，穿越国境线，坐火车去牧场。男人们很强壮，他们厌倦了贫穷的奇洛埃岛，以及岛上女人众所周知的臭脾气，出发前往大陆去寻找财富。男人强壮，但寿命短。奇洛埃岛上的食物是海鲜和土豆，巴塔哥尼亚则是羊肉和土豆，极少人吃到过苹果以外的水果，或者蔬菜。胃癌是奇洛埃人的常见疾病。

哈拉米略站是一幢红色的木建筑，有几分斯堪的纳维亚风情。精雕细琢过的瓦片装点排水沟，在风中摇晃，缺了好多块，而剩下的那些也会掉下来，没有人会来加固或重新放回去。

哈拉米略只有车站和几幢房子，但车停站是为了从那里装水。那似乎是哈拉米略存在的所有意义，即使那里还保留巴塔哥尼亚悲壮的记忆，像车站的时钟上一样永远定格在九点二十八分的记忆。

一九二一年，拉阿尼塔农场里发生了工人和印第安人的最后一场大动乱。领导者是个加利西亚的无政府主义者安东尼奥·索托①，四千多名男男女女，占领了农场和哈拉米略车站。他们宣布自治权，持续了好几个星期，幻想着成为巴塔哥尼亚首个自由公社，还天真地将其命名为“苏维埃”。地主的回应没有让人等待太久，阿根廷政府给地方派出一支精兵来结束暴动。一九二一年六月十八日，他们到了。

男人们在哈拉米略车站武装起来，女人们则保持占领农场内的房屋。他们的武器是尖刀、几把从总管手里抢来的左轮手枪、长矛和套索。军队带着步枪和机关枪。

军队指挥官瓦雷拉队长把车站包围后，宽限投降时间到晚

---

① 安东尼奥·索托（1897—1963），出生于西班牙加利西亚，曾领导巴塔哥尼亚农村多个无政府主义工团罢工，在文中提及的起义后逃亡智利。

上十点，保证所有缴械的人都能活命，但那毕竟是军方说的话。瓦雷拉没有遵守约定的时间，九点二十八分他下令开火。

没人知道具体受害者数量，几百人在被迫亲手挖出来的坟前被枪决，几百具尸体被焚烧，整个潘帕斯上空飘扬着烧焦尸体的气味。

九点二十八分。一颗子弹把钟打停了，从此便如此。

“他们修过很多次，但总有人会把钟弄坏，拨到它应该显示的时间上。”检票员告诉我。

“所有人都是破坏分子，带头的西班牙人，让他们相信了所有制是一种剥夺。杀光他们是好事，对破坏分子不该有怜悯之心。”牧师插起了话。

已经醒来的工人们回以猥琐的神情，检票员耸肩，牧师于是躲回他的黑色方砖里继续阅读。

太阳在西边落下，沉进太平洋，最后几点光照出巴塔哥尼亚快车的影子，车身在白色的潘帕斯穿行，渐渐向相反的方向远去，向大西洋，向每天日出的地方。

第九章

我总是回到里奥马约，这座巴塔哥尼亚小城距离科伊艾克大约一百公里，距离里瓦达维亚海军准将城约两百五十公里。我总是回到这里，而且从汽车、卡车或其他交通工具上下来，站在交会的路口的时候，我做的第一件事情就是闭上双眼以免被尘土弄瞎，然后我慢慢地睁开眼睛，背上背包，走向一座做工讲究的木建筑。

那是个体面的废墟，是美好时光的无声见证者，推开大门，便能探索昔日的舞厅、赌场、乐池、吧台以及有棕色真皮软垫套的高脚凳（如今大部分都被山羊啃食掉了），还有某位具有古怪解剖学理念的画师，画在接待处的墙面正中的维多利亚女王。不列颠君主双眼移到了脸颊两边，几乎要蹭到耳朵，鼻翼非常像非洲人，占据了半张脸。

“万福母后。”我向她致意，坐下抽了支烟，然后告别。我知道不变的是，外面一定有某个老乡在等我。这次是个女人，她紧紧抓住一个篮子，不怀好意地看着我。

“您搞错了。”她对我说。

“这里不是英国大酒店吗？”

“没错，但十年前这里就关门了，就是美国佬死了的时候。”她补充道。

“你说什么？辛普森先生什么时候死的？”虽然我知道那个故事，还是向她提问，如果能听到一个新版本的话我会很高兴。

五个女人。上一次，有位老乡对我说是十二个法国妓女。也许他们缩小了传奇的规模。但无论如何，可以确定的是，托马斯·辛普森知道癌症已经侵蚀到了骨头，医生诊断他最多还有三个月时间，于是他把酒店赠送给了劳动人民，而只留下一间总统套房给自己。他让人抬了几箱古巴雪茄、一桶苏格兰威士忌进房间后，就把自己和一群人数未知的快乐女士关在里面，支付她们高额的费用，任务就是用最令人愉悦的方式加速死亡的到来。

一周后，他弥留之际的甜蜜新闻传到了里瓦达维亚海军准将城。英国殖民政府派了一名牧师去阻止这件丑事，然而，当这位赞美上帝的兄弟试图进入套房时，一颗点四五口径的子弹阻止了他的去路，还毁了他一条腿。辛普森得偿所愿地死了，没过多久酒店就变成了混乱的地狱。

“这条街走到头还有另一家酒店，如果您愿意的话我带您过去。”那女人对我说。

我向她致谢，按照她所指的方向走去。我知道那里的“圣马丁”是巴塔哥尼亚最好的酒店。

那是坐落在街角的一栋大房子，只有一层。透过街上无休止的尘雾，我看到门口有个人在梯子上粉刷着建筑物的招牌。

“喂，朋友。您是酒店老板吗？”我在下面向他喊话。

“我要是老板，就不会在这儿了。”他在上面向我喊话。

“您能帮我叫一下老板吗？”我又在下面喊了句。

“他不在，这儿没人，您进去泡一杯马黛茶吧。”粉刷工喊道。

我遵命，推开双开大门的时候，我心想那家伙不是阿根廷人，他说话的口音太像唱歌了。

餐厅在过去两年间未曾变化，一模一样的贴着塑料贴面的铁皮桌子，一模一样的木椅子，甚至每张桌子上做作的花瓶里都摆着一模一样的塑料玫瑰和康乃馨。木制吧台后面排着酒瓶，有葡萄酒、白兰地和甘蔗酒。还有，在镜子里能看到，位置最受尊崇的，是一幅卡洛斯·伽达尔露出完美牙齿的画像。

圣马丁酒店。一九七八年之前这地方都是市政府的酒窖。那一年有两名政客来到了里奥马约——土耳其人赫拉尔多·加利布，他其实根本不是什么土耳其人，而是阿根廷人，来自布宜诺斯艾利斯，是个没有被贝隆主义毁掉的工会成员，巴勒斯坦后裔；还有他老婆，土耳其人苏萨娜·格利马尔迪，也根本不是什么土耳其人（嫁给了所谓土耳其人除外），她其实是乌拉圭人，来自科洛尼亚，是个音乐教师，擅长用她先辈的意大利语进行天花乱坠的咒骂。

苏萨娜和赫拉尔多是独裁时期的幸运儿，他们熬过了禽兽不如的非法囚禁，经历过失踪，领教过酷刑，但活着离开了恐惧的迷宫，被判流放至巴塔哥尼亚五年。

两人都十分进取，到这里一年半后，苏萨娜给十几个伽达尔的追随者上音乐课，赫拉尔多则租下了一栋房子开酒店。

“您喝马黛茶了吗？”粉刷工人走进来，打断了我的思绪。

“没，我正准备做呢。”

“您饿不饿？如果您愿意的话，我给您做几个薄煎饼。我做的薄煎饼巴塔哥尼亚最佳，我的薄煎饼很出名。”

“您是智利人吗？”

“奇洛埃人。我来这里的农场干活，但我生病了，土耳其人就让我做厨师、酒吧和餐厅服务员。”

“土耳其人在哪儿？还有苏萨娜呢？”

“我看您认识他们，他们去参加葬礼了。”

“什么葬礼？谁的葬礼？”

“一位老人家，亲爱的卡洛斯，他们是这么说的。”

“亲爱的卡洛斯·卡尔宾特罗？”

“就是他，您以前也认识他吗？”

卡洛斯·卡尔宾特罗。一九八八年，斯德哥尔摩颁发诺贝尔替代奖①的机构决定把诺贝尔替代物理奖颁奖给一位神秘的克劳斯·库兹马维奇教授。这位库兹马维奇教授据说在一九八〇年给欧洲各所大学写了长信，内容是，根据他在巴塔哥尼亚开展的研究，保护大气的臭氧层正在形成一个危险的空洞。他确定了空洞的直径和变量级，数据的准确性在八年后被美国国家航空航天局和欧洲一些科学机构验证。库兹马维奇教授无法前去领奖，因为没有人知道邀请他的方法。他的回信地址只写了阿根廷丘布特省，仅此而已。

一份德国期刊派我去巴塔哥尼亚找到那位神秘的教授。我跑遍了几个村落和城市一无所获，最后来到了里奥马约。我在这儿和苏萨娜、赫拉尔多成了亲密的朋友。有天晚上他们邀请我去卡洛斯·阿尔贝尔托·瓦伦特组织的“摸三张”牌局，他是我认识的最正宗、最高贵的高乔人之一。我们游戏欢笑到深夜，饭后谈起了各自的事务，我对瓦伦特讲述了我出现在里奥马约的缘由。

---

① 1980年由欧洲集邮家冯·尤克斯卡尔创立，专门奖励在环境和生态保护以及人类社会可持续发展方面做出过杰出贡献的自然和人文、社会科学家。

“你说他叫什么名字？”

“库兹马维奇，克劳斯·库兹马维奇。”

“卡洛斯·卡尔宾特罗。这才是他的名字，亲爱的卡洛斯·卡尔宾特罗。”

“亲爱的卡洛斯·卡尔宾特罗是谁？”

“他就是那个你到处在找的人，一个疯老头，很多年前就在这儿了。他疯但不傻，会发明东西。比方说，他给我发明的系统，能把牛屎变成可燃气体，我就有了免费的热水。他花很多时间看天空，用几面镜子测量太阳光线。他说过不了几年我们都会瞎的。”

翌日我便认识了库兹马维奇，体弱的老人穿着一条油污斑斑的机械工连体裤。我去拜访的时候，他正在修理或优化为羊群消毒的喷淋系统。

他立马否认了自己叫克劳斯·库兹马维奇，并用他自创的西班牙语信誓旦旦地表示自己从出生开始就是阿根廷人。

“你说话像个野蛮人，怎么可能是阿根廷人？”瓦伦特说道。

“窝的西板鸭语（我的西班牙语）比你的好，你这个红毛白脸马。”老人回答。

然而瓦伦特用一份阿根廷当局开具的文件，证明了他的身份。那是有一次老人交给他保管的，发现他无法否认身份后，他同意开口，但不太乐意。

他出生于斯洛文尼亚，第二次世界大战期间他加入了克罗地亚的乌斯塔沙组织①，在巴尔干半岛与纳粹并肩作战。战争结束时，他逃脱了铁托拥护者的裁决移民来到阿根廷，决意在南美洲重新做人，但没过多久就遇到了以色列人，他们抓捕阿道夫·艾希曼②后高歌猛进，推动开展抓捕在阿根廷的前纳粹成员或合作人员的行动。于是，克劳斯·库兹马维奇放弃了他在布宜诺斯艾利斯大学的物理教授职务，消失在了巴塔哥尼亚，在这个地方没有人提问，一切过往只是个人事务罢了。

里奥马约的每个人都喜欢他，他是个乐于助人的老人，尽管孤僻名声在外，要修理收音机、熨斗、水龙头、发动机的时候他总是毫不犹豫，且从未收取过一分钱。

他与我确认了臭氧层的测量值，并断然拒绝谈领奖的事情。

“您告诉那群白痴，发奖之前先阻止大气污染，奖这种东西是发给选美皇后的。”他愤慨地指出。

我手里有足够的原始素材来进行一篇有关臭氧层空洞发现者的长篇报道，然而，一旦发布，就会破坏里奥马约居民的和

---

① 于1929年4月20日在保加利亚的索菲亚成立，其目标是让克罗地亚从南斯拉夫独立。其领导人与意大利法西斯政权有密切关系，1941年纳粹德国与意大利王国及其盟国进攻南斯拉夫，乌斯塔沙组织的军队便趁此时宣布克罗地亚独立，成立克罗地亚独立国，并加入轴心国阵营。

② 阿道夫·艾希曼（1906—1962），纳粹德国前高官，被犹太人称为“纳粹刽子手”，第二次世界大战后定居在阿根廷，遭以色列情报特务局人员绑架，公开审判后绞死。

谐生活，于是我忘记这个议题，库兹马维奇于我而言也变成了亲爱的卡洛斯·卡尔宾特罗。

“亲爱的卡洛斯离开我们了。”土耳其人加利布说着，给了我一个拥抱。

“我知道你会回来的，欢迎。”苏萨娜招呼道。

那个午后，我们早早坐在了桌前。奇洛埃人的厨艺的确了得，他的薄煎饼也的确无人能及。我们讲述了各自的生活。我能回智利了，但仍在欧洲生活。他们能回布宜诺斯艾利斯了，但仍在巴塔哥尼亚生活。与朋友们的聊天时光再次证明，让人最有归属感的地方才是故乡。

“你知道吗？你上次离开的时候，我觉得你当时面临一个大难题。我猜，你最后没把亲爱的卡洛斯的故事写下来，也纠结了很久吧。”苏萨娜说着，把杯子里的白兰地满上。

“是啊，我心里的负担很重，一直不停地问自己：亲爱的卡洛斯如果真的犯了战争罪怎么办？把我们的人生毁掉的法西斯分子他也是其中一员吗？”

“不。亲爱的卡洛斯在战斗时选错了阵营，他不是罪人。”土耳其人断言。

“你为什么如此确信？”

“巴塔哥尼亚教会你靠眼神来认识一个人，亲爱的卡洛斯有近视，所以他戴着酒瓶底一样的眼镜，但他和朋友们说话的时候会摘掉眼镜，直看着他们的眼睛说话，而且他的眼神很干净。”

“告诉他，他最后说了点什么。”苏萨娜让他说。

“最后说的真是蠢啊。去世几分钟前他从昏迷中醒来，握着我的手说：‘糟了，土耳其佬，真糟糕，我还没给你修冰箱。’你明白吗？如果亲爱的卡洛斯是个坏心肠的人，他死去的时候不会还惦记着我的冰箱。”

苏萨娜起身招呼其他的老主顾，她打开临街的窗户，外面没有风，尘雾消失，也让人看清了对街的人行道。那一刻，巴塔哥尼亚的人与静夜之间毫无隔阂。

第十章

“您把酒瓶留下。”我对刚刚给我上了一杯朗姆酒的男孩子命令道。我喝酒，酒下肚后稍许舒缓了丛林里的湿热空气带来的憔悴与困倦感。

我身处厄瓜多尔亚马逊支流的谢尔镇，在一家既没有门也没有窗户的餐馆里。我向外看，这里仅有的一条街上的棕榈树纹丝不动，它也在没有一丝云朵的天空下昏昏欲睡。

这样的天空很适合与帕拉西奥斯机长同飞。他妈的，他究竟姓什么？对当地居民来说，那个在吊床上晃来晃去、喝掉一瓶瓶圣米格尔朗姆酒来打发陆地时光的飞行员，就叫“帕拉西奥机长”，他和那架乱糟糟的飞机飞过亚马逊流域几百号村落，那里的居民也是这么称呼他的。那个合伙人呢？那个合伙人叫什么名字？

某日下午，我因必须从谢尔飞往圣塞巴斯蒂安德拉可卡而与他们结识。一辆卡车在一个貌似宽广大街的地方把我放下，我一下车就感到双脚陷入了淤泥，随后发现自己并非孤身一人，还有好几只野猪正在泥潭里欢腾。

“去机场怎么走？”我问卡车司机。

“就在前面，伙计。路边这一片都是机场。”他指向一片辽阔的泥地。

那片地的一头有个木建筑，屋顶是镀锌板的。我起身走向那里，路上听见了体育节目解说员的声音，正在播报一场足球赛。

建筑的拉门是敞开的，里面有个大个子的穆拉托人①正观察着几个半浸在油桶里的金属零件。他一只手慢慢晃动金属零件，以便让汽油完成去污的工作，另一只手里拿着一支长雪茄。他头部的运动轨迹则表明他完全不认同解说员所讲的话。两面墙之间有块绿色帆布隐藏了建筑的后半部分，穆拉托人漫不经心地看了我一眼，又把注意力转回到足球赛上。

“下午好。”我问候道。

“这可不好说。我能为您做什么，这位先生？”

“我得飞去可卡。您能告诉我该怎么做吗？”

“当然了，想飞起来只需要摇摇胳膊，跑步推进，收起脚丫子。还有其他事情吗？”

“别闹了，兄弟。我得飞去可卡。”

---

① 指由白人（尤其欧洲人）和黑人父母所生的人。

“当然了，先生。您去和帕拉西奥斯机长说。”

“我在哪儿能找到他？”

“还能在哪儿，当然是卡塔利娜开的酒吧里。您踩着泥巴走到街的尽头，当心那些野猪，那可都是些婊子养的。”

卡塔利娜开的酒吧里是间占地约三十平方米的茅屋，最里面是吧台，前面有一群男人在喝酒，聊着各自的事情。屋子中间挂着一张黄麻做的吊床，有个头发灰白的家伙睡得正香。靠墙有一男一女在等候，看似有无限的耐心，同时只做一件事，那就是让摇椅不停地转动。女人膝头放着一个袋子，两只小猪仔从里面探出头来。男人把脚搁在一个铁丝笼子上，里面有只公鸡用憎恶的眼神看着小猪。

“我找帕拉西奥斯机长。”我对招呼我的女人说道。

“他就在那儿呢，帅哥。”她答道，手指向吊床上的那个男人。

“您能叫醒他吗？”

“得看是为了什么。如果毫无目的，那他被叫醒的时候会很暴躁。”

“我得飞去可卡……”

没等我说下去，带着两只小猪的女人仿佛被推了一把似的起身，随即开始晃吊床。

“怎么了，王八蛋？”刚醒来的人嘟囔着。

“又来一位乘客，满员了。现在我们可以飞了。”女人说话的时候一直在摇晃吊床。

帕拉西奥斯机长伸了个懒腰，揉了揉眼睛，打了个呵欠后终于下了吊床。他身高不超过一米七，穿着件褪色的飞行员连体裤，有很多拉链的那种。

“天气怎么样？”他这个问题不是针对某个特定的人提出的。

“像屎一样。”吧台处有个家伙回答道。

“本来有可能更糟糕的。那我们就飞吧。”帕拉西奥斯辩了一句。

他稳步走出酒吧，带着两只小猪的女人、带着公鸡的男人和我跟在他后面。到了机场，先前让我去酒吧的穆拉托人依旧在和金属零件以及足球赛打交道。

“合伙人，收钱。”我们刚进门，帕拉西奥斯就说。

“什么？这种天气您也飞？”穆拉托人看着他指了指天花板。就在那上面不远处的乌云预示会有一场暴雨。

“假如黑美洲鹫能飞，而且它们比我还丑，我看我没什么理由不飞。”帕拉西奥斯辩了一句。

“你这家伙真固执。好吧，各位，一个个报名字。万一发生意外，这对辨认尸体很有用。每个人两百五十苏克雷。”穆拉托人说道。

带着两只小猪的女人要去蒙塔尼亚，那个距谢尔约九十公里的农村也能通过其他方法到达——首先走路去琼塔蓬塔，然后坐独木舟渡过纳波河，前提是天气好，以及有必要的耐心对付两至三天的旅程。

带着公鸡的男人要去圣何塞德帕亚米诺，那是帕亚米诺河旁的小镇。圣何塞德帕亚米诺的养鸡场在亚马逊河流域十分出名，那里的人赌得凶，许多淘金者奋斗多年，毁掉森林和自己的人生才攒下的财富，化作落败公鸡的血，最终流进了职业赌徒的腰包。那男人准备用他的斗鸡去试手气，那只红棕色的小公鸡是个杀戮机器。他的主人是这么保证的，并表示它上周在马卡斯的斗鸡场里把八个对手都开了膛。他也能走陆路和水路，但那会花掉他大约五天，还会让公鸡很疲倦。

“还等什么？走了！”帕拉西奥斯一声令下拉开绿色帆布，飞机就在那里，那是架老旧褪色的四座塞斯纳小型飞机。

我们拉着系在起落架上的绳索，把飞机拖到跑道上。机身上的斑驳再明显不过，我看着它们，心里从未有过如此强烈的悔意，但我必须去可卡，那里距离谢尔一百八十公里，而最快的方法就是坐飞机。

我像说祈祷词一样不停重复着“这些飞机安全，很安全，绝对安全”，然后登机。我的位置是副驾驶员，小猪在我背后紧张地叫唤，公鸡则对起飞前的紧张工作保持冷漠。

“圣塞巴斯蒂安……圣塞巴斯蒂安……请回答……”

帕拉西奥斯机长对着对讲机说话，他收到的回复是一阵嘶嘶声。他摆弄一阵开关，却只让嘶嘶声更响了，他挂掉了对讲机。

“我说过让你把它修好，我对你说过的。”

“这个废物修不好了，我是个机械师，不是魔术师。”穆拉托人说。

“好吧，还有哪出。反正我们会抵达的。”

飞机开始在泥地里瞎转，我看了一眼仪表盘，感觉到自己想跳出去的欲望。我从未见过如此简陋的仪表盘，此前毫无疑问是安防导航仪的地方，现在是好几个空洞和电线头，中间的高度计和燃料表的指针在跳来跳去。“水平线”或者用来指示稳定性的东西，应该与陆地保持平行，当时几乎是垂直的。

“您看……水平仪坏了。”我假装不害怕，对他说道。

“不要紧，天在上，地在下，其他的都是废物。”帕拉西奥斯下了结论。

起飞了。飞机上升大约一百五十米后开始平稳飞行，我们上方是厚重的乌云。暴风雨前的滚烫空气占据了机舱。看到指南针没坏的时候我松了一口气——我们正向东北方飞行。二十分钟后，我们看到了一条绿色的河流如蛇般蜿蜒。

“您看，多美啊，这是乌阿普诺河，我们已经在亚马逊啦。”飞行员欢呼。

“我一直以为再往东很多才是亚马逊。”我说道。

“废物政客说的话。从最开始的那几滴到最后汇成的伟大河流，都是亚马逊。您在可卡有什么牵挂，伙计？”

“没什么，我去拜访几个朋友。”

“这很好，永远不该忘记朋友。就算是在地狱里，也该去看他们。我以为您是来淘金的，我不喜欢淘金的。”

“我也不喜欢。”

“这群人都是祸害。稍微有点发光的屎的传言，就成千上万地来。有时候我想在飞机里装上毒气，给他们熏一熏。您觉得这航程怎么样？”

“目前为止不错，没有不满意的地方。”

帕拉西奥斯机长的飞行计划相当简单——在乌云下沿着乌阿普诺河，跟随它与阿拉胡诺河汇流，聚成更大的河流继续向东北方前行。飞机下的丛林仿佛正在休息的庞大动物，耐心等着迎接即将落下的暴雨。

“您不是这里人，伙计。”

“我不是，我是智利人。”

“啊哈。这要啊哈两次。”

“这是什么意思？”

“您在这里，要么您有痴呆症，要么您不能在您的祖国生活。这两个原因中无论哪个都让我觉得很可爱。您看那下面的火烈鸟，您见过这么迷人的鸟儿吗？”

他绝对有理——只有得了痴呆症的人才会上这样的飞机，我的确不能在我的祖国生活，以及，那下面，乌阿普诺河水溢出形成的小湖里，一群迷人的火烈鸟在等待暴风雨。

飞行一小时后，我们望见纳波河西岸丛林里的一块空地，那儿有四五幢用芦竹和棕榈建的房子。下降约五十米后，飞机在空地上方盘旋。

“别担心，这是为了让人有时间搭出跑道。”

下面有些人朝河岸跑去，移开树枝和石头，然后挥动手臂指示我们可以飞下去。帕拉西奥斯展现出了他可以降落在一块毛巾上的能力。

女人和小猪下飞机后，他装上当地人交给他的一些货物，我们第二次起飞。帕拉西奥斯把飞机开到河滩的一头，加速后几乎在水面上起飞，几分钟后我们又回到纳波河道上方。

“你还紧张吗，伙计？”帕拉西奥颇为讽刺地问我。

“没有一开始那么紧张了。您飞了很多年吗？我这么问是因为刚才降落在河滩上非常震撼。”

“但我可是吓死了。”带着公鸡的男人在后排说道。

“很多年？太多年了，我都忘了……”帕拉西奥斯机长回答。

“这飞机是您的吗？”

“我的？这么说吧，我们是属于彼此的。要是没了飞机，我不知道该怎么办，飞机没了我哪儿也不去了。您看纳波河多美啊，这里的大片丛林每年会被淹没两次，能钓到很大的鲶鱼。”

“没错，我前不久还看到有人钓了条一百四十磅的鱼。”带公鸡的男人说道。

“您为什么对飞机感兴趣？您懂飞机吗？”

“懂一点，发动机的声音不错。”

“那是当然的，伙计。我的机械师很厉害，您在谢尔看到的那个穆拉托人是我的合伙人，他负责让一切各就各位。这架飞机曾经属于几个牧师，他们在马卡斯附近迫降，落在几棵树的顶上，就把飞机留在了那里。我们买下的时候它是块废铁，过了几个月我们又让它飞起来了。”

圣何塞德帕亚米诺的着陆地点是一片用砍刀清出来的宽阔空地，此外还被当作足球场、市集、大广场。我们在那里放下带着公鸡的男人，我祝他好运，飞机加完油后继续在帕亚米诺河上飞行，然后与普诺河交汇，始终向着东北方向，再一会儿是奥雷亚纳省弗朗西斯科港，我们看到普诺河与可卡河汇入更大的纳波河，转而向东南流去。河水流经一千三百公里，去滋养狂妄湍急的亚马逊。

最后一程旅途中，机长对我讲述了他一生中的几个细节。他曾在德士古公司当飞行员，报酬很高，但有一天他发现自己不喜欢美国佬，而且他爱上了亚马逊。

“它就像一个女人，伙计。它进入一个人的身体，深入皮肤。它什么都不要，但到头来那人往往会为了它，把他认为它想要的一切事情都给做了。”

我们在圣塞巴斯蒂安德拉可卡继续畅谈，在整晚狂欢纵酒到连双耳都塞满了朗姆酒之后，我们决定能成为朋友，于是便成了朋友。多亏有他，我从空中领略了亚马逊最隐秘、最迷人的地方，他了解那片绿色的世界里的许多奥妙，甚于他了解自己，于是在我们第一次航行过去多年后，当我为了对破坏绿色世界的犯罪行为进行一系列报道的时候，帕拉西奥斯依然在，准备好带我去任何我需要去的地方。

我最后一次见他是在巴西和巴拉圭交界处的潘塔纳尔湿地，在马托格罗索州南面。我们愉悦地告别，带着与朋友同饮朗姆酒带来的幸福仪式感，以及完成一部优秀纪录片的成就感——那是关于亚马逊短吻鳄灭绝的故事，它们的皮最终落到了欧洲的时装秀上。参加了纪录片制作的所有团队成员都认同，如果没有帕拉西奥斯机长援助，那会是一次无法完成的任务。

“我们下次再见，伙计。不需要由我开口让您回来，亚马逊也在您身体里了，没它您活不下去。只要是去和那群伤害它的婊子养的干架，您知道去哪里能找到我。”

我去找他了。就在我坐在这家餐馆里点了朗姆酒一个人慢慢喝完之前，我找他找得筋疲力尽。但我没找到他，也没找到他的合伙人，那个穆拉托人。有人告诉我，他们飞去了一个未知的地方再也没回来，提供消息的人记不清那是多久前的事情了。生活与遗忘在世界的这个角落总是发生得太快。

那两个杰出的探险家现在如何？那个我从未知晓姓氏的人，那个总管我叫“您”和“伙计”的人，那个我的朋友，帕拉西奥斯机长。

第四部分

抵达后的旅行笔记

有人轻拍我的肩膀。

“醒醒，我们到马尔托斯了。”

我费了好大劲才认出了司机，以及自己正在一辆巴士上。距离我在哈恩[①]上车才过去不到一个小时，我刚把头靠在椅背上就开始熟睡了。

“马尔托斯？”

“是的，朋友，马尔托斯。”

下车时，我感到中午的一道道阳光像棍子一样在打我。天空中没有一朵云，没有一丝风。街边的房子都是一片圣洁的白色，装着绿窗帘，到处都是花盆，种着我最爱的植物——谦卑而又坚韧的天竺葵。

街上没有人，我知道这在犬日[②]实属正常。从某户人家里

---

① 西班牙南部城市。

② 夏天中最热的时期，相当于盛夏、真夏，或古汉语的三伏，在欧洲一般从 7 月 24 日到 9 月初。

传出收音机的声音，而我漫无目的地在白色围墙间闲逛，走到了一座喷泉前。水龙头里细细流出一股小水柱，不带敌意地击中光滑的底盘表面。我用手合成碗状，喝了那里面的凉水，很舒服，口感带矿物，泉水从峡谷里的某个地方流到这里为口渴的人提供慷慨的宽慰，随后又流向山丘间整齐排列的橄榄树根里。

喝水的时候，我看到了自己的倒影，水中的模样是别人的却很熟悉。我凑近水面，慢慢地，我脸上有了越来越多祖父的脸部细节。

“我到了，爷爷。我到马尔托斯了。”

老家伙淘气地看着我，然后说了一句无可置疑的话。

“不要因为快乐而羞愧。”

我感到自己因为旅途的疲劳而浑身发抖，视线变得模糊。我把脸埋在喷泉里，随即上路。

我走到一个小广场上，那里有家酒吧。我走进去，靠着吧台有五六个当地人，他们打量了我几秒后，又叽叽喳喳地聊起天来。

“你喝什么？”店主问我。

“我不知道。马尔托斯人在这个时间点喝什么？”

“葡萄酒，啤酒……看个人口味。”

“给他来一杯干雪莉酒，马诺罗。”一位当地人指点道。

店主上酒，我尝了一口。干雪莉酒和外面的阳光一样火辣，我相当愉悦地喝完了一杯。

“不错，对吧？”店主说。

“非常不错。”

我渴望与那些男人交谈，告诉他们我从很远的地方过来找寻一些足迹、一些踪影、一些与我安达卢西亚血统有关的微小线索，但我也想倾听他们，让这密集的口音充斥我，相比安达卢西亚沿海地区如歌的语调，略有吞音的本地口音有些不太亲切。

又有两位客人，从街上一路聊着天走进来。他们点了两杯红葡萄酒，其中一人举起酒杯，一个字也没说，但他富有感染力的动作比发言更有价值。另一个人话多，回以一句简短的话。

“祝健康。”

他们喝酒毕恭毕敬。把酒杯留在吧台时，那个说话的人把手背贴在嘴唇上。世界安静了，生活不能更和谐了，于是他们继续进行对话。

“嗯，我刚刚和你说的，那个番茄的生意可以做得很大。当然，要了解怎么运作。”

“还有那个人傻了，他一直说我有风湿病，我？风湿病？你见过这样的吗？”

“荷兰人靠番茄发了财，但你告诉我，荷兰哪儿来的太阳？”

“他说我要去泡温泉，我去他妈的。这些保险公司派来的医生觉得我们是什么大少爷吗？他妈的！”

“笼子里是长不出好番茄的，你见过托雷东希梅诺的番茄吗？番茄需要的是阳光和峡谷里的水。”

“这就是我说过的，只要膏药好，骨头就不疼了，死狗都能救回来。他妈的，我要来不及了。”

“去吧，佩佩。该去吃饭了，替我问候你的家人，我们这几天再碰面继续聊吧。保重。”

“朋友，这你都明白的。”

“你来告诉我呀，佩佩。”

那个明显没有风湿病的人离开了，突然间我的记起了祖父曾经回忆过的东西。

“马尔托斯有没有一家叫猎人酒吧的？”

“据我所知，没有。”店主说道。

“怎么没有？”种番茄的人打断了他。

“让我们来看看，这儿有米格尔酒吧、城堡酒吧、佩尼亚酒吧……”

“马诺罗，你好好想想，这家酒吧以前叫什么？”

“这里有过好几个名字，让我想想。”

“一九五〇年之前，这里就叫猎人酒吧，他妈的。你们就这么把一切都给忘了。”

“我一九五二年出生的，你为什么认为我会知道这些?”

“这家伙说得对，这里以前叫猎人酒吧，门旁曾经有两个钩子，一个挂背包，另一个挂猎枪。哎呀，我都还记得。”有个当地人补充道。

如此一来，我有可能正和祖父置身同一处，他也曾在这里把一杯杯干雪莉酒灌进喉咙。

搞清楚酒吧的名字后，大家露出一脸好奇，打量着我，我便向他们讲述我为何来到这里。我告诉他们有关我的祖父，以及我来到马尔托斯前的漫长旅途。听我讲话的时候，有几个人打电话通知家里人不回去吃饭了，还有人托几个进来买冰激凌的小孩儿去转达相同的内容。店主也不愿错过任何细节，便把所有的酒瓶都放在吧台上让人喝。我讲完后，所有人你看看我，我看看你。

“这故事绝了，智利朋友，绝了。有个人和你同姓，住得离这儿不远。他是个老兵，我记得他名叫安赫尔。”那个讲番茄的人说道。

“是的，先生。他叫安赫尔，和他老婆住一块儿。但我觉得他不是马尔托斯人，我记得他是塞哥维亚来的。”第三个人说道。

“兄弟！从我能记事开始，安赫尔先生就一直住在这里。”讲番茄的人信誓旦旦。

“你知道你祖父的出生时间吗？”

“嗯，我知道日期。”

“我们应该去问牧师，他比任何人都了解马尔托斯的人。”

“当然，因为他什么都掺和。”

“这是他的职业，做糕点的管做糕点，牧师就管和老太婆们说闲话。”

“不过，他现在应该在吃饭，就算是耶稣，他也不会接待的。”

“我们可以等，马诺罗。你给我们来点小食怎么样？”

下午三点，我们已经消耗了几乎半个火腿，把土豆鸡蛋饼吃得精光。陆续还有人加入，已经了解故事的人迅速给他们提供信息。

那个讲番茄的人带头，我们准备去找牧师了，不过我想先把账单付了。

“付什么钱？我们听你的故事比看电视还带劲。你们等一下，我也去找牧师。”店主表示。

牧师起码有七十岁，还穿着教士服。他一脸惊恐，上前面对这群打破教堂安宁的人。

“你们在这儿掉了什么东西吗？”

“别担心，牧师先生，我们带着善意而来。”

“我这么问，是因为从没在弥撒上见过你们。”

讲番茄的人已经被认作团队的发言人，对牧师陈述了我的故事以及此次拜访的目的。然后我们被请进一间天花板很高的房间里，墙上塞满了古旧的硬面书。他没花多久就找到了我祖父的受洗证明。

“你过来。”牧师叫我。

那页纸上已经流过了一个多世纪的时光，上面有我祖父和我曾祖父母的名字。赫拉尔多·德尔·卡门——卡洛斯·伊斯马埃尔和弗吉尼亚·德尔·皮拉尔之子。这份文件是一个人第一次公众行为的见证，塞萨尔·巴列霍①的诗句能恰如其分地形容他的一生：“他出生的时候是个小孩，望着天空，后来他长大，他变红，他斗争，用他的细胞，他的饥饿，他的躯体，他的拒绝，他的更多、更多……”一生中，他也曾因为自由主义思想领教过监狱、追捕和流放。

“他们说得没错。你从这条圣母街走到十二号，安赫尔就住在那里，他是你祖父的弟弟，他们兄弟五人中只有他还活着。你得对着他吼，因为他聋得厉害。这真是个奇迹啊。”牧师说着把我送到门口。

一走出教堂，奇迹的消息就传开了，有些老太太对着路过的我画十字。一支人数诸多的队伍陪着我来到圣母街，我站在

① 塞萨尔·巴列霍（1892—1938），秘鲁作家，一生只出版过三本诗集，却被认为是 20 世纪最伟大的诗歌改革者之一。

那个门牌号前。

那幢房子和别的建筑一样是白色的，有扇绿色的门。我不敢敲门，同伴们也没有人自告奋勇。众人沉默，我望着他们被太阳晒黑的面孔，觉得事情应该具有相当的悲剧色彩，而我想不通这是为什么。

许多年后，当我终于了解我应该了解的马尔托斯，才明白在这个安达卢西亚最贫瘠但非贫穷的地方，男人们迟早都要踏上去往海岸的道路，再也不回来。如果有人回来，那他就是一个残兵败将。

“你们这群爱管闲事的人想干什么？你们没有其他的事情可做了吗？”讲番茄的人问道，队伍开始后退。

“好了，都去干自己的事情，要不太阳会把你们的脑子晒得更干的。”另一个说道。

“晚点儿你会来酒吧的，对吧？”店主与我告别。

他们留我一个人在大门口，敲门前，我把手放在它粗糙的表面上。很烫，深绿色的漆吸收保留了阳光的热度。我的手停留在那里，希望这能量能够充满我的身躯，给我足够的勇气敲门。但我不需要那么做，因为我手一按上去，大门就开了。

我推门，然后见到了那位老人。

他在柠檬树荫下的沙滩椅上睡得安适。正对大门的是个铺了花砖的院子，屋子在尽头，依然是白色的，到处都是盆栽的天竺葵。老人身旁有张桌子，上面有个水壶和几块糖。我便在砖与砖之间寻找能佐证我儿时回忆的线索，就在那里，两三只瘪瘪的苍蝇已被太阳晒干。

祖父也做同样的事情来取乐——往嘴里放点糖，喝口水湿润后立刻把混合物吐出来。然后把脚轻轻放到这甜蜜的陷阱上，等着苍蝇来。然后，啪一脚下去！

“哎呀，赫拉尔多！你心肠怎么这么坏？”祖母骂道。

“得了吧，我可是在为人类服务，这些臭虫一旦进化，会变成牧师或者军人的。”祖父回答道。

我小心翼翼地在老人面前蹲下，不想惊扰他。他的头侧向一边肩膀，不时动动嘴唇和眉毛。他的梦里会有什么画面？也许他哥哥赫拉尔多会出现在其中，模样依然年轻，他在摘橄榄，或者在某个星期天，他们并肩走下山坡，去哈恩看斗牛，或者在马尔托斯山岩，在从前投罪犯的地方齐齐探出身去望向虚无。

他的脸被数不尽的皱纹填满，白胡子稀疏，看起来很健康。他瘦，手大，手指粗，是做农活的。他腿长，和祖父一样，这样的腿很适合行路。

他突然睁开了眼睛，我在他灰色的瞳孔里看到了自己的倒影，他的眼神看起来很聪明，开始在记忆中搜索与我有关的画面。

"你是帕奇托，卖牛奶的人的儿子。"

"不，我不是帕奇托。"

"我听不见，孩子。你说什么？"

"不，安赫尔先生，我不是帕奇托。"我提高了嗓门。

"那么你是小米格尔，你也该来这儿了，孩子。"

"安赫尔先生，还记得您的哥哥赫拉尔多吗？"

老人的目光穿透我的皮肤，检阅我的每根骨头，然后出门，上街，翻过一座座山坡，拜访每棵树、每滴橄榄油、每种颜色的葡萄酒、每个被抹平的足迹、每轮敬酒的歌咏、每头在宿命时分死去的斗牛、每场日出、每位出现在庄园门口蛮横无理的国民警卫队员、每条远道而来的新闻、每封寄不到的信（因为这就是人生啊）、每次间隔越来越久直到远方成为一种笃信的沉默。

"赫拉尔多……大家管他叫'蛇'的那个吗？"

祖父的确捉摸不定，他躲躲闪闪也被人追踪，也曾改变装扮和名字来保护他所爱的暴乱者之心。

"是啊，安赫尔先生。大家这么叫他的。"

"我的哥哥……去了美洲的那个吗？"

是啊，去了美洲的那个，和无数人一样心怀憧憬上了船的那个。西班牙人在武装侵略美洲四个世纪后，启程去那里寻找和平，那里的人迎接他们，他们找到了木材来建造家园，辛勤蜜蜂产出的高贵蜂蜡来打磨桌子，还有干葡萄酒来为新梦想鼓劲，他们找到的那片土地对他们说：让人最有归属感的地方才是故乡。

我的祖父，去了美洲的那个。那个远涉重洋的人，在彼岸找到了听众，而他们也同样期待听到他说："社会契约是反人类的卑鄙行径。大自然引导我们，用兄弟般的方式文明对话。生活已经为我们定下的约束，不该再受约束。"我小时候陪祖父去参加工人团体互助晚会，他曾这样说过。

"是的，安赫尔先生。去了美洲的那个。"

"你是我哥哥吗？"

自内心深处，祖父驱使我这么回答他——是啊，你告诉他是的，然后去拥抱他。我们所有人都是兄弟，衰老令人不设防，此刻显露的才是恒久与脆弱的真相。

"不，安赫尔先生，您的哥哥赫拉尔多是我的祖父。"

老人的神情变得严肃起来，他坐起身，布满青筋的双手放在膝上，然后从头到脚，从左到右将我细细审视。他会不会要看我的证件？我也许该打开胸膛，给他看看我的心吧？

"玛丽亚。"他喊道。

从屋子里走出一位穿着治丧服的老太太，她满头银发，梳着发髻，一脸亲切地望着我。安赫尔先生清了清嗓子，说出了我此生中听过的最美妙的诗句，而我也知道自己终于画下一个完整的圆，因为我在这里，祖父就是从这里开启了他的旅程。

安赫尔先生说：“老太婆，拿葡萄酒来，我们有家人从美洲来了。”